淘宴

我的朋友
陈白露小姐

金屋一梦

海棠 作品

湖南文艺出版社
HUNAN LITERATURE AND ART PUBLISHING HOUSE

博集天卷
CS-BOOKY

他也不知道自己为什么叹气。

也许是因为这安静的睡姿、田园似的房间、如水一样流过的长发，

都令他感到陌生了。

Contents

目 录

珠雨田站在窗前看着外面的那个世界，
那是全上海最美好的武康路1768弄。

○

六月二十七日家宴有新茶新花

陈白露

Chapter One

珠雨田

这是2015年的春天，
18岁的珠雨田快乐极了。

O

珠雨田本来不姓珠，珠是她自己改的姓，她未曾谋面的父亲姓王。16岁生日那天珠雨田拍好了身份证的照片，问管户籍的民警改名字的流程，说是因为妈妈姓朱，所以要把父母的姓氏合起来写。她的理由这样坦然，流程也不算烦琐，"王雨田"是一个弄堂口小餐馆老板的女儿，"珠雨田"却有一点言情小说开篇女主角的模样了。

从户籍办走出来，学校的午休时间已经结束了，她骑着自行车穿过两个街口，给校门口的保安看了学生证，六月的太阳像白色的火光，上了年纪的梧桐树叶子漏下斑驳的倒影，塑胶跑道上升腾着热气，暖烘烘地裹住珠雨田瘦长的小腿，一直笼到百褶裙里。

　　她一只手撑住自行车蹲下，小腿硬硬地鼓起来一个结，她知道如何按摩会使这抽筋的疼痛迅速消失，这是只属于 16 岁的向上生长的疼；再站起来的时候，她已经在一条流动的少年之河里了，几十个男生穿着橙色的短裤和白 T 恤，经过她的时候自动分流，又毫无痕迹地汇合在一起。这是一场足球课的热身，她看到几十个未发育完成的喉结和肱二头肌，这未完成也是 16 岁的。

　　少年是永远有的，这一条少年之河淌过去了，新的又从校门里走进来了；老校园却是静止的时间之池，它从清末的时候做讲学堂开始，安静地盛蓄过许多时代，它的花梨木拱门上也是有过弹孔的，它的西南角也是被洋人征去做过花园的，暂时安稳了的年代，也有过千八百的学生在这里读英文和哲学，沦陷的时候，这里的花木也曾经疯长如荒原。珠雨田入学的那一年刚好赶上 120 周年校庆，那算得上一场盛大的联欢，可惜珠雨田除了小腿抽筋的疼痛，什么也不记得了，这健忘也是 16 岁的。

　　这天放学回家，珠雨田把改名字的事跟妈妈讲了，她站在楼梯上朝下喊，楼梯的扶手带着暑夜的余温，空气却是凉的，因为空调的出风口就在头顶，且永远开在最低的温度。朱老板用钱十分精明，不如此便不能靠着一家小店养活母女二人，但她在冷气上却从来不肯克扣一分，对于一个开在弄堂口、只有十几张餐桌的小餐馆来说，稍有一点不舒适，客人就要跑光了。

这也是精明。

这个时候已经是深夜，吃晚饭的客人都走了，店还没有打烊，一大锅桂花糖粥在炉火上煮着，甜香气直冲出厨房和餐厅，一直环绕到楼梯上，几十碟四喜烤麸装在白瓷碟里摆在最靠近门口的餐桌上，四周偎着冰块镇着。珠雨田想起妈妈说过从今天开始要加卖一道消夜，给马路对面新开的写字楼里晚归的上班族。厨房的门半开着，朱老板系着围裙的背影能看到一小半，珠雨田不知道她有没有听到自己喊出来的话，又想起还有一点功课没有写完，赶忙跑上楼去了。

这家名叫"小雨天"的餐馆是一座二层的老旧小楼房，楼下卖饭，楼上是母女俩的卧室。它正式成为朱老板的房产也并没有几年光景。在珠雨田的小时候，它是朱老板按年付租金的，珠雨田十来岁时她们才付了全款把它买下来，从此再也不用担心房东老阿姨用涨房租来刁难她们了。当然在房东看来那也不是刁难，十几年了，物价一年一年地飞涨，房租岂有不涨的道理？守着一个小小的房产收租，房东老阿姨的日子也过得艰难。

老阿姨还记得二十年前朱老板来找她赁房子的那个冬天的雨夜，一个年轻女孩坐在地产中介的自行车后面，软软垂下的羊毛帽檐遮住外面的雨气，她付了一年的租金，现金不够，从手袋里摸出一盒首饰，首饰折算了，还是不够，又从身上脱下皮草，皮草下面露出鼓起的肚子，和她瘦弱的四肢很不相称，房东于是把皮草重新给她披上，她以为人家不识货，又脱下来强迫她看衬里上缝着的标签，急得眼泪扑簌簌地掉。

几个月后珠雨田就出生了，朱老板感觉到那阵异样时还在厨房里站着剥春笋，切成小块的咸肉在滚水里一沉一浮，窗外的柳条是雾蒙蒙的绿色，她先关掉炉火，抹干净灶台上的水渍，然后一个人走上楼去。珠雨田的哭声在小楼房里响起来，外面刚好落了一阵微雨，就像朱老板刚刚搬到这里那天一样，不同的是冬雨又冰又凉，春雨是令人愉悦的，它预示着生长和希望。等到新生儿睡熟了，朱老板发现体力尚可支撑，这便是年轻时生育的好处，于是她定一定神，走下楼去把那道腌笃鲜做完。那天的生意很好。

"小雨天"的位置是醒目的，生活在上海的朋友不妨去找一找，它在武康路1768弄的弄堂口，门左边有一棵姿势奇怪的合欢树的便是。那合欢树本来是端正的，因为长得过于茂盛，累实的叶子与花朵把珠雨田小小的窗口封了个严实，朱老板想要伐掉一些枝丫，但珠雨田不肯，央求常来她家送肉菜的菜场司机踩着梯子，把这团枝丫用尼龙绳箍到另一侧去。

司机大叔干活的时候，珠雨田仰着脖子啰里啰唆地叮嘱："伯伯，不要箍得太用力呀，树会疼的。""伯伯，不要把树杈弄折呀，好多花朵，好可惜的。"叮嘱了一遍又一遍，眼看尼龙绳结越来越松，那枝丫又要倾到窗前了，惹得朱老板一顿骂，珠雨田才住了声。

这团花叶被箍到了一边，小窗口重新敞亮了起来。珠雨田站在窗前看着外面的那个世界，那是全上海最美好的武康路1768弄，那里有二十几座租界时候留下来的花园公馆，是一色西班牙人的石质建筑，每个公馆的前后各有一个花园，前面的大些，除去花木和草坪还可以停放几辆车子，后面的略小，都种满了树或竹子。这排公馆共用一个高大的铁门，门口的石壁上钉着黄铜黑钉的"私人园林，谢绝入内"，总有行色匆匆的游客在外徘徊，不知道这片公馆是什么来由的所在。

但行人不可以走进的地方，珠雨田是可以的，里面二十几户人家都是"小雨天"的常客，他们喜欢在家里吃夜宵或早餐的时候打个电话给朱老板，如果店里正忙，朱老板会把一个大保温盒交给她，这趟活计她从七八岁起就做得熟练了，铁门外那些穿着黑西装的保安换了许多遍，他们上班的第一场培训除了要熟悉住在公馆里的人，还要认识抱着大食盒的珠雨田。

刚刚改完名字这天的珠雨田是一脸欢欣的，她刚换下学校里的衬衫和百褶裙，莲蓬头冲刷着身上的泡沫。这个夏天她跟着林瑞和他的朋友们去郊外玩了几次，肤色晒黑了一层，与那些绝不肯让自己暴露在阳光里一分钟的少女不同，她不是很在意这些，热水滚过健康的皮肤，她听到母亲在楼下喊她给林瑞家送桂花糖粥去，于是她从晾衣绳上扯下一条裙子穿上，背后的纽扣太多，待到一一扣好，湿发早在肩上染了一大团水渍。

　　新来的这位小保安还不认识她，虽然这个身上有洗发水和桂花糖粥香味的少女怎么看也不像唐突闯入的坏人，于是珠雨田放开嗓子朝铁门里喊了一声"林瑞"，须臾便有一个高个子少年从靠近铁门的第二座公馆里跑出来，笑嘻嘻地拉着她进去了，小保安才知道她是可以自由出入这片公馆的，因为林瑞介绍她的时候说的是"这是我的小妹妹"。

　　时间在珠雨田窗外的合欢花开落里轮转着，又过了两年，珠雨田考到她的高中对面的那所大学里读土木工程，个子又长高了两寸，苹果肌也更圆了些；林瑞接手了一半他父亲的公司，眼看接手另一半也只是时间的事，他对珠雨田的介绍也从"这是我的小妹妹"变成了"这是我的女朋友"，而当年把珠雨田拦在门外的保安刚刚升任了经理，他正在烈日下训练新来的下属，让他们认清楚珠雨田的照片，说这个弄堂口餐馆老板家的女孩要当作里面公馆的业主看待。

　　这是 2015 年的春天，18 岁的珠雨田快乐极了。

这一年的林瑞25岁，富贵人家的独子，从小养得娇惯，可是他的身上是一点骄奢之气也没有的。他比珠雨田还要白上一层的皮肤、长而带卷的睫毛、徐而不疾的步态，和无论要说什么都先露出一点微笑的神情，使珠雨田走在他旁边的时候，常常忍不住嫌弃自己粗鲁，于是她也试着把步子迈得小些，又学习他未语先笑的样子。也许是学得过于认真，两人对着傻笑了很久，竟然谁也没有先说出一句话来。

这场傻笑之后珠雨田就成了林瑞的女朋友，自然得就像春天有花开，冬天叶子落，深情的表白是没有的，相识十几年的两个人，熟悉得像一个人的两只手，林瑞把珠雨田的手放进自己的大衣口袋里握着，虽然他们小的时候也这样握过手，但这一次是不同的，因为林瑞把珠雨田的手心握出一层汗水来也没有松手。那天的上海是清冷而湿润的，他黑色大衣肩上的雪是纷纷的。

虽然家世悬殊，林家人对珠雨田没有丝毫意见，这当然有他们看着珠雨田长大、早有些喜爱在其中的缘故，更重要的是与催儿女成家的寻常父母不同，他们家业太大，管理层也不大优秀，因此是十二分希望儿子多多把心思放在公司的会议室里，不要太早结婚生子才好，而珠雨田只有18岁，距离本科毕业也有三四年时间可等，只这一点，林家父母便十二分满意了。至于朱老板，她是把女儿的恋爱当作游戏来看待的，像演话剧一样，像过家家一样，因为 18 岁当然还是个孩子，她已经忘了自己生下珠雨田的时候，也不过是 21 岁的年纪。

　　和大部分城中纨绔一样，林瑞也是有一大群朋友的，数量多到不可以数字计算，因为那人群是无上限增加的，像雪球一样，尽可以往极限的大里滚去。林瑞曾经带珠雨田去过他的朋友们的聚会，无论在她是"小妹妹"还是"女朋友"的时代。

　　珠雨田也爱那花团锦簇的热闹，那里有当季最好看的衣服、最健美的体形、最年轻的脸孔；那里没有人老去，不新鲜的面孔是会主动离开的，那里也从未有过眼泪，离别也是不会哀伤的。

　　许多个杯中酒泼洒出来湿透草坪的夜晚，珠雨田会想起古代的诗文和戏剧，那是她童年时在朱老板身边得到的艺术启蒙，似乎那些流传千百年的悲剧都只是由于交通和通信的不发达，比如梁山伯与祝英台倘若能够发一条信息，其实不必双双泉下相见的；又有许多在电影院里嚼爆米花的无聊时光，她甚至会为这个时代的文艺工作者伤感：在这个每天都像圣诞节一样惊喜的，只能生产快乐的时代，再没有什么人力编织的桥段能让少男少女们流下一滴眼泪了。

　　珠雨田从未哭过，即使在林瑞的聚会上，有女孩双手把她推出一米远，攀住林瑞的胳膊讲笑的时候；即使深夜被雷雨惊醒，站在楼梯上看着母亲在楼下核对账本的时候；即使她被系里推选入学校的交换生项目，却发现费用需要自理的时候。人家推开她，她便走到一边去，毕竟说笑到高兴时是可以忘记小节的；本月生意惨淡，她便多跑几次武康路1768弄，那些伯伯阿姨都喜欢她，随口就订下了几桌家宴的大酒席；无力负担出国的费用，她便把名额让给了别的同学。

那个出国的项目是由一个大她二十几届的师兄捐助的奖学金所设。师兄姓宋，虽然读的是土木工程系，却一天建筑师也没做过，他是金融界有名的人物，大约钱多到无处可用，这里捐一座教学楼，那里捐一些奖学金。珠雨田考取了这个项目的半奖，按理说也算得上不错，可是剩下那一半，她不用向母亲开口，也知道无力负担。于是她去找教秘，放弃了这个名额。

讲真，这倒是稍稍令她有点难过的。从教秘那里回来，她趴在人都走光了的教室里，着实发了好一会儿呆，可是林瑞喊她同去看一所房子，她便又扑向那团温柔中去了。林瑞的车停在学校门外，他们一同回了武康路的公馆，那所房子只与林瑞家相隔两栋，自从原来的主人移民后便空置着，到现在已有三四年了，房门是上了锁的，黑黢黢的家具在里面垒着，院门的锁则是虚锁的，每过一两个月总有园丁来给树除虫，又剪剪草坪，因此它看上去是一点荒芜之相也没有的。

林瑞已经25岁，父母虽不大管他，住在一起总嫌不够自由，待要搬到别处，又舍不得这里的安静阔大。三天前这所房子终于挂牌出售，他立刻定下了，待要等珠雨田周末放学回家同来看房，又等不得四五天，干脆来学校接她。

林瑞也发觉今天的珠雨田不像往日般活泼，也没有隔着三五层同学便跑过来，吊住他的脖子喊"哥哥"，她坐在副驾上，眼睛直直地盯住雨刷。

那雨刷下面一点亮晶晶的，阳光照过来的时候，倏忽闪过的强光使珠雨田眨了一下眼睛，车子又滑入背阴的地方，珠雨田才看清楚那是一只钻石耳钉。钻石是极大的，耳钉弯成圆润的钩子。

林瑞问她是不是和同学吵了架。她隔壁班里一个名叫莉莉的是出了名的娇气，全系的女生没有一个喜欢她的；又问是不是期中考试有科目不及格，不过那也没什么要紧的，因为距离期末考试还有几个月的时间呢。

珠雨田一一否认了，林瑞便想不起来还有什么事能让她十分钟没有露出笑容了。除非是饿了。一定是饿了。林瑞把车停在一家有新鲜寿司的餐厅门口，珠雨田却说没有胃口，于是重新上路的后半程，连林瑞也没有说笑的兴致了。

武康路1768弄的保安给林瑞开门的时候，里面刚好有一辆出租车迎面驶出，林瑞和珠雨田都有点意外，因为这里是常年没有出租车出入的。待到他们在那所空置公馆的门外下了车，又见到园子的门是半敞的，里面却也不是园丁，而是一个穿肥大西装的男人和一个女孩，背对着院门，仰头看着公馆石壁外墙的纹理。

那个男人，林瑞是认识的，这是房主在国内的委托人，他们前天才约定过看房子的时间。林瑞在院外喊了一声"赵先生"，男人便用一张纸巾擦着额角的汗小跑着迎了出来，那女孩还专注地看着石壁，然后径直走进公馆里去了。她走路的样子让珠雨田移不开眼睛——肩膀挺直得像一尊石像，腰却柔软摇摆得如柳枝，那是严肃与婀娜的结合。

赵先生是个胖子，春寒时候也穿着短袖，满口喊着热，又向林瑞道歉，说临时有一个新的客人要来看房子，便是刚刚走进公馆里的女孩，如果林先生不介意，不妨一同进去看一看。

珠雨田这才注意到院中的石榴树下立着一只大号的铝质行李箱，想必刚刚乘坐出租车而来的就是这个女孩了。林瑞便问珠雨田要不要现在进去，珠雨田站在院门的正中央，那敞开的公馆房门引来的对流风送来院中浓烈的花香味道，今日又是一个花团锦簇的天气，她却总因为让出了出国名额的事，对这花香也感到无比腻烦，好像一团讨厌的空气噎在喉咙里。

她像是赌气似的转身上车，请林瑞送她回学校去，林瑞也不是没有交往过任性的女朋友，但珠雨田向来不是这样的人，她今日莫名其妙的脾气让他也冷了一路的脸。

　　珠雨田和林瑞足足冷战了三天没有讲话，这三个夜晚她躺在学生宿舍那张一米余宽的单人床上，直直地盯着手机屏幕发呆。整座校园的灯都熄了，真正的夜晚却尚未到来，走廊里还是热闹的，播音系的女生字正腔圆地对着电话谈恋爱，每一个句子都念得像从八点档电视剧里跳出来；隔壁洗衣房里的冲水声穿透薄薄的墙壁，又和窗外的风吹树叶声夹在了一起。

　　这场日日重复的骚动直到十二点以后才陆续散去，三个室友中读书最勤奋的那个也拧灭了台灯，细细的呼吸声，偶尔还有梦魇和夜哭声，声声灌进圆睁着双眼的珠雨田耳中，那手机屏幕还是灭着的，珠雨田陡然怀疑起是不是没电了，一条信息却突然进来，是朱老板问她明天回家想吃些什么——原来通信的便利也是不能消除人的烦恼的，她这会儿倒觉得倘若梁山伯和祝英台生活在现在，也许仍然会因为懒得先打电话给对方，而落到双双去死的地步。

　　第二天周五放学，珠雨田提着一大袋脏衣服回家，因为肩上还背着一个装满了课本的双肩包，她没有骑自行车，换了两路公交车回来。公交车站距离家门口还有几百米，她三步一歇，肩膀几乎要被坠得脱臼。及到了家门，刚上台阶便听到张师母尖溜溜的嗓音。

　　张师母在两条马路外开着一家花店，她家先生是珠雨田小学时候的老师，老师的薪水已经微薄，花店又不景气得很。在珠雨田的记忆里，张老师一家的生活并不宽裕，饶是这样，五年级的第二个学期她不能及时交上学费，还是张老师拿出钱来垫付的。

上海话油光水滑，张师母语速又极快，小刀砍萝卜似的，珠雨田把厚尼龙质地的大衣袋扔在地上拖着走，只听到张师母边吃着一大碗云吞，边对着朱老板炫耀最近的好生意：新搬来的一位极大方的小姐，不仅把前后两园的花木都交给她去采买，还订下了一年的聚会上用的插花，钱数由张师母随便开来，看也不看便付清楚，说是嫌算账麻烦。

云吞的香气和着喊着菜名的人声，门外送菜肉的大叔问朱老板订了多少筐春笋，傍晚的阳光在新发的杨柳枝条上一层层暗淡下去，这是外面的市井。

至于室内，是另一番景象，珠雨田的卧室只有十余平方米，地板是旧的，靠近卫生间的一头有一点被水浸泡过的痕迹，微微上翘着；家具是新的，宜家里最便宜的货色，是每个刚刚工作的年轻人家中都有的米白色麻料沙发和木板单人床、白面黑脚的书桌和蓝白条纹窗帘。快消品的普及使窘迫得以被体面地遮掩，而年轻时的清贫也多少有点光明磊落。珠雨田把衣服塞进洗衣机里，滚筒转动的声音立刻填满这小小的空间，洗衣机上本来放着一把向日葵，看包装纸是张师母顺路带来的，她用剪刀把花柄剪出一个斜面来，又去给大肚的玻璃花瓶灌水。水柱从瓶口涌出来，溅在她的鹅黄色连衣裙上，手中一滑，那只年纪和她差不多大的花瓶就碎裂在地板上了。

这时候她才意识到自己在走神，做起这些家务来根本是一点心也没有用的，她的心全在那再也没有亮起来的手机上，直到今天为止，林瑞也没有联系她，这么一想，通信的便利反而使人白生了许多气。

算完了几页的练习题，温完了上周的书，连下周的功课也翻开了，夜已经静得像没有风吹过的湖水。人声散去了，合欢的枝丫拍打着上了锁的大门。朱老板也睡下了，珠雨田踮着脚在地上走，一点声音也不敢发出来，因为她的母亲只有六个小时的睡眠时间，天刚亮起来，她就要开门售卖早餐了。

夜宵还搁在门口的矮桌上，底下的塑料袋里盛着刚扫起来的花瓶碎片，珠雨田忍住不去看那团精亮的玻璃，端起那碟鲜肉月饼却吃不下去。

这时虽然是春天，自家吃饭也是不必太讲究时令的，她又想起来鲜肉月饼是林瑞最爱吃的，也算是终于找到一个给自己下台阶的地方，于是连外套也没有披，悄悄开了后门出去了。上海春天的夜晚也是凉的，好像走在水底，她刚刚绕过弄堂口的梧桐树，穿着黑色制服的保安就跑着来给她开门了，那厚重的黑铁门刚开了一条小缝，她就溜进去，这里的灯也是比别处亮上一层的，深夜也像黄昏，满眼植物生长的深绿色里，一辆白色的小车格外醒目，它停在林瑞家门口，显然是有客人来了。

开门的是阿平，是在林家工作了十几年的老保姆，年纪约有五十岁，身材是早就发福的，穿戴很是干净，脸上总是带着一点笑，不知道的人也许以为她是林瑞的母亲。阿平和太太一起出门的时候，也有人以为她们是周末同来逛街的闺密，只有太太手上的大钻戒能使人区分出她们的身份。阿平见是珠雨田，却并没有往里让，只说林先生和太太都不在家，去某地给新建成的一家购物广场剪彩去了。

珠雨田有点摸不着头脑，直愣愣地说了一句："我找林瑞呀！"阿平脸上还带着笑，声音仍然柔柔款款地说："林瑞有客人来，是有生意在谈，不如明天一早来。"

珠雨田回头看看停在身后的白色小车子，漂亮的流线，水红色的内饰，显然是位年轻的小姐。

可是阿平说"有生意在谈"，那么就是有生意在谈了，阿平是绝不会骗她的。珠雨田这么安慰着自己，把手中的月饼递上去："那么……"她双手向前送着，眼睛却越过阿平的头顶，向公馆里看去：楼下的客厅只亮着一盏壁灯，昏昏黄黄的，白纱帘开了一半，里面的电视机空放着新闻，沙发上没有人；楼上林瑞的房间倒是雪亮的，两个人影在窗前走动，身量是差不多的高且瘦削，其中一个头发很长。

珠雨田转身走了，月饼也没给，她像是赌气似的，一直走到那座挂牌出售的空置的公馆门外。夜深了，风也起了，越过墙头的石榴枝丫柔软地摇摆着，拍打着珠雨田的头发和脸。她还是忍不住哭了。夜多么静啊，草丛里昆虫走动的声音也是巨大的，好像平静的水面上突然裂开了波纹，身侧的小小木门打开，那些微的吱呀声吓得珠雨田收了声。起初她以为是风在吹，又想起这座公馆常年上锁，风也是吹不开的——那门上又伸出一只瘦长的手，指节纤细，指甲在灯光下柔和得像珍珠一样。石榴枝丫也安静了，在珠雨田头上垂着，她挂着满脸的泪，惊愕地看着门里走出一个女孩。

那女孩背光站着，身上穿着一件长到地面的睡衣，是银白色的丝绸质地，半长的头发垂在肩上，风吹来的时候朝一边散去，露出圆圆的半边脸颊，五官是看不清楚的。珠雨田刚刚哭过，又受了突然的惊吓，脑中是空白的，直到女孩走出门来，她看清楚她的步态：肩膀是挺直的，腰肢却柔软地摇摆着。于是她一下子想起来了，这是那天赶在她和林瑞之前看房子的房客。这么说，她是已经把房子买下来了，于是林瑞搬出父母家的计划也搁浅了。这是一件不大不小的事，林瑞却没有对她讲，这么一想，珠雨田刚刚被吓回去的眼泪又涌了出来，边哭边觉得难为情，一跺脚，朝亮着大灯的黑漆铁门跑去。

那女孩却在身后叫住了她："你——"

珠雨田站住脚，擦着眼泪回过身来，装着鲜肉月饼的碟子还平平地端在手里，使她保持着怪异的姿势，那女孩也只说了这一个字就笑了，也是不知该如何问候的缘故。她笑了一会儿，柔声说："大黑天的，这样跑当心摔倒了呀。"

这一笑使珠雨田借着光看清楚她的样子：鼻梁高耸，唇线分明，额头光洁得像玉石一样。珠雨田勉强镇静着声音，说："我是外面餐馆的，来送消夜的，不过那家人不在。"女孩走近两步，看清她手上的碟子："这是什么？馅饼吗？"是清脆的普通话。珠雨田一下子笑了，好像"馅饼"这两个字便是很好笑的笑话一样，笑完才解释道："是月饼。"女孩也笑了："我最喜欢月饼了，卖给我好不好？"珠雨田一边随着女孩走进她家的大门一边在心里想着：我确实是一个不错的外卖小妹呢。

这座空置的公馆，珠雨田是第一次走进来，它的格局和其余二十几座没有区别，面积却略小一些，因此一个独身女孩居住也不显得空旷。院中新栽了许多花木，本就繁茂的园子看上去倒像一个小型的植物园，所以——她一定也是张师母口中的使钱散漫的新主顾了。家具也是新的，落地灯的底座上还有塑料纸没来得及拆开，一色白色或乳黄，满眼温柔的洁净。多余的摆饰也没有，只有植物仍然是堆山塞海的，散发着新鲜的香气。

珠雨田从未见过这么喜欢养花的人，忍不住又朝女孩看了几眼，她的年纪是很轻的，睫毛低垂，浓密的乌发堆在雪白的脸上。珠雨田把碟子放在手边的茶几上，等着她从一只黑色的手包里数钱，又看到茶几上一只碗里盛着小半碗白米饭，杯中茶还冒着热气，茶是沏得很酽的，显出苦涩的酒红色来。珠雨田随口问着："你是要吃茶泡饭吗？"

女孩边把数好的钱递给她边笑着说："刚搬好家，厨房里什么都缺，要不是有你的月饼，今晚就只有吃茶泡饭啦。"她说着拿起一个月饼来就咬，还未下咽，眉头先皱了起来，在灯下举着馅料看："怎么是肉馅呢？"珠雨田说："就是鲜肉月饼呀。"心里好笑地想：鲜肉月饼不是肉馅是什么馅呢？那个女孩却把月饼重新搁在碟子上，脸上带着一点歉意："我来上海不久，好多口味都不习惯，等我歇一歇再吃吧。"珠雨田点点头，抓起桌上的零钱走了，走到门口又回过头来叮嘱："我家在弄堂外面左边第三间，门口有一个'小雨天'的招牌便是，从早餐到夜宵都有卖。我叫珠雨田，你呢？"女孩也起身送出来，手搭在铜质的门把手上笑着说："陈白露。"

Chapter Two

陈白露

在这周而复始的繁华与平静中，
陈白露像夜与昼的衔接一样，天衣无缝。

○

珠雨田送月饼的那天与林瑞在家中聊天的，是一个名叫凌馨的女演员，她年纪不算小了，只在一个月前，她29岁生日宴会的盛况霸占了一周的娱乐版面，那是流水宴般的狂欢，庆祝的也不是她这个人，而是她价值连城的名字。

　　凌馨的工作已经排到了2019年，据说连多挤出三两天来拍一个广告都不能，不过她还有夜探林瑞家的时间，可见有些夸张的忙碌也不过是婉拒的托词罢了。

　　珠雨田抓着那把零钱从陈白露家中走出来的时候，林家的大门也刚打开，她躲在石榴树下的阴影里，本想看一眼深夜访客的容貌就走，等到看清楚凌馨的脸，立刻把刚才的难过丢了一大半出去——这是只有在娱乐头版和电影屏幕里才能见到的人，这下她也有点相信他们是在谈一些电影投资之类的公事了。林家的门重新关上了，远远听到林瑞交代阿平明天请园丁来剪草的声音，然后重新归于静寂。

第二天早上，珠雨田是被林瑞和朱老板在楼下讲话的声音吵醒的，她裹着一床薄绒被，早春的凉气一丝一丝地从窗纱里送进来，楼下也并没有什么有意思的对话，不过是夸赞今天的春笋很鲜、天气好像要下起雨来云云。珠雨田洗漱了，头发散着，装作漫不经心下楼的样子，和林瑞打了个日常的招呼，于是他们像这几天的冷战根本没有发生一样重归于好了。

至于这位新搬来的陈小姐，在珠雨田看来，大致是一个家境非常殷实的北方女孩，因为新来上海工作，顺便置下一些房产。她的确是有工作的，看上去还十分忙碌，每天早晨七点钟，她开着一部黄色的车子从那植物园一样的家中出来，天黑之后才回家，有时候是深夜；她应该是深度近视，眼镜片是瓶底一样厚的，架在脂粉不施的脸上，好像图书馆里随处可见的学生；她的副驾上总是放着一只大号的手袋，时常还有快餐的塑料打包盒，或者 7-11 的盒饭，其实她每天都经过"小雨天"，可是一次也没有走进来吃过东西。

每个周六的中午，两三个园丁会来剪枝，这时候陈小姐会出门跑步。春寒刚刚过去，她一身短衣，露出修长的手臂和浑圆的大腿，头发在头顶拧成一个圆髻，好像清修的道士。她似乎没什么朋友，连生活也是清修的，珠雨田不禁同情起她来，总想着如果她走进"小雨天"吃饭，一定多谈几句，替她解闷，可是又想起她从月饼中咬到肉馅的那一皱眉，便知道她并不喜欢本地的口味。

珠雨田很快为她因陈小姐的孤独而施与的同情感到惭愧了，因为陈小姐的独来独往只是由于花园还未整修完毕，且需要陆续添置家具的缘故。园丁来了十余次，带着张师母和她家新招的苏州伙计，小山一样的花苗运进去了，还有平板车拖着布袋子装的泥土。园丁们一直做工到深夜，厚牛仔的肥大工服上沾着草叶，边说笑着边走进"小雨天"来。这时餐馆已经打烊了，朱老板只好把母女俩明天的早餐预先拿出来招待他们。又嫌不够吃，于是重新烧滚了水煮大排面，边等刚刚冲洗过的地板晾干，边听他们谈讲着那位小姐的容貌，又猜测她的年纪。

胖园丁是做了二十来年的，珠雨田叫他吴大叔，一脸大胡子，好像小学课堂里挂着的马克思画像；高园丁是新来的，本来就姓高，他是学园艺的大学生，却只找得到园丁的工作，拉得一手好小提琴，但因为打扰了同事休息，被物业的领班扣掉了一个月的奖金。

吴大叔说陈小姐可能还在读书，因为看上去和珠雨田差不多大，高园丁却猜她大约有 25 五岁了，因为她边吸雪茄边数出一把钱来给他们的样子绝对不是少女的情态。吴大叔又不同意，说

25 岁的小姐脸上都有操劳相的，她虽然做派老道，眼睛还是清亮亮的。

朱老板拿着掸尘的毛巾在吴大叔头上打了一下，骂他一把年纪，还要盯着人家年轻小姐的眼睛看。吴大叔被打得筷子都落了地，弯下胖肚子去拾的时候，想起他说 25 岁和操劳相这句，的确是会刺痛独自带女操劳了二十来年的朱老板的。

待要换些别的来闲谈，高园丁却滔滔不绝地讲了下去，赞那位陈小姐付钱之大方，即使在阔小姐里也算散漫的了，他一年的奖金都被补偿了回来，这次尽可以清早拉琴了。朱老板也把毛巾在他身上打了一下，说她早上去菜市场订货，老远就听到有狐狸哭的声音，原来是他在拉琴。

三人在"小雨天"里闲谈的时候，珠雨田正和林瑞从浦东一个朋友家中离开。那位朋友给女儿办满月酒，装饰着蓝白气球的园子、粉团一样的婴儿，之后是一轮又一轮的酒宴。林瑞酒量太小，离开的时候满脸都起了风团，斜靠在座椅上，像一个生了病的孩子。

珠雨田抓住他的手，他的手心冰凉，因酒精的作用而无力地张着，无论珠雨田怎么用力去握都收不到一点回应。临时请到的代驾师傅不熟悉路径，一直绕到外滩上去，珠雨田也没有纠正他，只把车窗打开一半，江水上弥漫着湿润的雾气，好像马路上卷起的尘埃。

这个时间的游客也稀少了，对面的几座大厦的外壁孤零零地播放着广告，先是一部新上市的手机，然后是一只镶满蓝色钻石的手表，那是日新月异、精美绝伦的消费主义，包括在手表之后出现的电影海报，海报上是凌馨的脸。

"凌馨的电影要上映了呢。"珠雨田好像不经意地随口说道。

林瑞只发出了酒意浓重的一声应答。

"我去买票好不好？"

"什么？"林瑞终于在珠雨田的肩头睁开了眼睛，懵懂地看着窗外的夜色。

"凌馨真人是不是比电影上还要美？"珠雨田终于问了出来。林瑞却盯着江对面的广告牌，凌馨的脸早已不见了，广告牌上只有一个新开的钻石商场，无数颗钻石晶亮亮的，把半条江都映得更明快了一些。

"我也没有见过呀。"林瑞说。他已经清醒了，拧开扔在后座的一瓶水咕咚咕咚地喝着，脸上的风团也散了，恢复了比女生还要白净的肤色，他又变成了那个文弱的男孩，头发毛茸茸地扫着脖颈。

珠雨田没再说什么，车子在一个又一个路灯下面穿行，很快停在了"小雨天"的门外。她下了车，只看到窗上蒙着一层雾气，又有菜香，朱老板笑着骂一个人："早上去菜市场订货，老远就听到有狐狸哭的声音，原来是你在拉琴。"

　　这次小事件之后，珠雨田便懒得去找林瑞了，虽然她也觉得这是个善意的谎言，为的是不让她多心的缘故，但是她又在心里想，如果她有特别亲密的男生朋友，一定不会在林瑞面前避嫌的，因为在这个诱惑极多的时代，恋人之间有时需要肝胆相照般的坦荡。

　　之后的一段时间，珠雨田也替朱老板给武康路 1768 弄的人家送过点心。要点心的是住在最里面的一对老夫妻。经过林家的时候，珠雨田垂着头走得很快，阿平喊她的名字她也装作没听到，然后又经过陈白露家门口，她立刻被浓烈的花草气味围拢了。

　　那天园门敞开着，一辆高大的车子停在外面，两个系着雪白围裙的厨师从后备厢里搬出两个铝质保温箱，匆匆提入公馆里去了，后备厢中还有一箱酒，又有装在纸盒子里的糕点等吃食，显见是要摆宴席请客了。纸盒子上打着"燕北飞"的纸签，这是二十几公里外的一家北京菜酒楼，高中时候的一次聚餐珠雨田和全班同学一起去吃过，排场虽然是极大的，味道也不过尔尔。

　　她从车子后面绕出来，见到张师母带着苏州伙计也拖着平板车来了，车上堆满了报纸包好的插花。珠雨田喊张师母，赞美她新烫的头发，张师母便让伙计把花送进去，拉着珠雨田问天气这样好的周末，为什么没有和林瑞一起出去玩。珠雨田正不想听到

"林瑞"二字，扔下一句"还有好多作业没写完呢"，就趁黑漆大门还没关闭的时候跑出去了。

那天的武康路 1768 弄是珠雨田记忆中从未有过的热闹，连新年夜也不曾有过，连最阔的赵先生家嫁女儿也不曾有过，连林瑞在家中为她庆祝 18 岁生日也不曾有过，因为那新年的焰火是虚浮在空中的，那嫁女是排场中难遣离别的伤感的，而 18 岁的生日宴，只有林瑞和珠雨田俩人，请来在院中演奏的乐队也是陌生的，那曲子也是例行公事的祝贺——至于陈小姐家中的聚会，人是从下午时分就陆续到来的，那扇黑漆铁门自开启后就没有关闭过，一辆又一辆漂亮的车子从武康路的这头或者那头开过来，在铁门外飘出一个声音问："陈小姐家在第几座？"保安回答："墙头上有石榴树伸出来的就是。"又有人不认识石榴树，不过他们一驶入那树荫遮蔽的宽阔柏油道，便一眼辨认出那个植物园一样的所在了。

夜晚降临的时候，这条柏油道上已经连一部最小的车子都停不下了，车队甚至延伸到黑漆铁门外面，一直排到了"小雨天"的门外，那些年轻的女孩和漂亮的男孩不得不在几百米外走下车子，顺着车队蔓延的方向摸索到陈小姐家。

晚霞的余色混合着新上的华灯，花草香与脂粉香在风里传送着，夜又深了一层的时候，乐队也到了，那是两年前成立的一个女子组合，虽然不大红，但她们经过"小雨天"的时候还是引得一群在吃晚餐的高中生尖叫起来，于是这城中闻名的幽深僻静之地，刹那间变成了挥洒金粉的歌舞场。

珠雨田在二楼凭窗的书桌前演算了半夜习题，土木工程系的功课虽然繁重，有些却也有趣，比如建筑师画在图纸上的空中楼阁也许设计精巧，结构工程师却是要把一墙一柱都算出来的。

她也会看窗外那排布在马路两侧的车子，赞叹陈小姐刚搬到上海不久就有这样多的好友，她不知道的是，一条柏油路之隔的陈小姐公馆内，那些漂亮的年轻人大多是并不相识的。那植物园般的庭院中互相知道对方名字的人也许一只手都数得过来，他们大多是朋友带来的朋友，这位新的朋友也可以邀请任何人来。这并不是一个密友的相聚，而是陌生人的狂欢，他们唯一的共同之处是年轻且样貌漂亮，这也是无意的人以群分，因为美的人总是喜欢和更美的人做朋友。

而在不知情的人看来，他们的确像是相识已久的，与中年人热衷收获与结果的结交不同，他们是连自我介绍都不需要的，生活在同一个时代，随手都是可以谈上一夜的话题。酒与食物都那么美好，除了有个把患鼻炎的人想向主人抱怨植物香气过于浓烈以外，再没有一点不快乐的声音。而那位带着鼻音四下询问"谁是陈小姐"的漂亮男孩，收到的又只是一个又一个迷茫的眼神。他们并不知道这充满庭院的美丽的小姐们当中，哪一个才是主人。

除了庭院，一层的客厅与餐厅也是敞开的，新置的乳白色沙发尽可以躺和卧，垂地的纱帘是用丝线束在一旁的，坦白地裸露着落地的玻璃窗子；房间里到处是水培的插花，是几个小时前张师母的工作，客人只要小心宽大的袖子或者酒醉后的步子，不要打碎那些晶亮亮的花瓶便好；餐桌是铺着银白丝暗格桌布的，从公馆里一直铺到草坪上，椅子也是摆好的，但几乎无人端坐；乐队的演出已经结束了，她们大多在那棵繁盛的石榴树下喝着杜松子酒，植物的香凛便从口鼻中弥漫出来了。只有一位女孩坐在客厅角落的钢琴前面，一个键一个键地试着音，琴也是新的，音准并没有校过，曲子从她手中流出来，又添了些错乱的鬼魅之美。

那位鼻音浓重的少年拨开许多陌生的脸孔，远望着弹琴的姑娘，心想她一定是陈小姐了，待问起来却又不是，不免对这空中楼阁一样的快乐聚会生出一点恐惧来，好像酒醒之后这公馆就会凭空消失，身侧已经是一片衰草枯杨了。

然而公馆是不会消失的，就像它由上个世纪西班牙建筑师建造的石壁一样坚固。深夜时年轻的人们散去，另一些人的工作才刚刚开始。

张师母家的工人早就拖着平板车在铁门外等着，吴大叔和高园丁同保安吸着烟闲聊，还有附近一家家政公司派来的保洁女工。他们要清理宴会用过的插花，浇灌被踩踏得七零八落的草地，还要用几桶水冲洗干净地板、拆卸被随意躺和卧过的沙发外套，如果纱帘上有泼过酒的痕迹，也是要拆下来带走洗净的。

这时候如果有客人返回寻找遗忘的钥匙或手机，他会看到和聚会上不一样的陈小姐——她的头发在耳后绾着，唇上的颜色脱了一半，有金色鞋跟的高跟鞋也换了下来，长裙下露出拖着塑料凉鞋的一截脚踝。她在园中把工作交代一遍便上楼去睡了。

等到这庞大的清洗工作完成，天色也白蒙蒙地亮了，"小雨天"的木质大门从里面打开来，暖湿的清晨空气充满房间，虾肉小笼包的香气也漫了出去，朱老板和从陈小姐家走出来的穿着橡胶靴的保洁女工问着早安，这是夜与昼在武康路上的衔接。

这场盛大宴会进行的时候，珠雨田以为这是陈小姐的朋友为她举办的接风聚会，是仅此一次的繁华热闹，因此对那衣香鬓影的街景也添了几分流连，回头看了不知道多少次，不知下次再见到是几时了。意外的是，第二个周六的中午，张师母的伙计又拖着平板车，载着用报纸扎好的插花走进那扇黑漆铁门里了。过了不多时，"燕北飞"送餐的车子也来了，然后是那些漂亮的年轻宾客，不多时又在柏油路上塞满了，原来这狂欢是不会止息的，其中一周的安静不过是休息，是为下一个欢乐的夜晚积蓄精力的。

在这周而复始的繁华与平静中，陈白露像夜与昼的衔接一样天衣无缝。那绾着头发、长裙上沾满草叶与酒渍的，和架着瓶底眼镜、堵在早上八点钟的高架上的，是同一个陈白露；那园庭聚会上发号施令的女主人，和写字楼里埋头描线的美术实习生，是同一个陈白露。

迷恋历史小说的美少女们以为乱世中才有隐居者，这本来也是不错的，但乱世的种类有许多，战争、天灾，或者改朝换代，这是能写进史书的那一类。还有一类是史书不会收录的，那就是一个人的乱世，是笃信之信崩塌后再无法重建，是生活在一个GDP 增速飞快的、有许多美人与美景环绕的时代，却突然不想往前走了。

陈白露便是这样一位隐居者，关于她隐居之前的经历，并非爱惜笔墨不肯重复，而是那些往事总是不会甘心沉没，总要在以后的岁月里以各种形态纷纷回来；就像不食周粟的伯夷叔齐，固然有与当下决绝的信念，但薇草也是周的薇草，有本事连采薇而食也不要。

珠雨田和陈白露在 L 大厦又见过一次面。L 大厦是陈小姐工作的地方，与珠雨田的学校只有几百米路程，里面分布着几十家公司，大多是做 IT 的，因此这栋写字楼的灯光有一大半是彻夜亮着的。一层有一个小小的咖啡馆，总是坐满了撕扯合同的人；另有一家电影院，虽然环境一般，却是难得在放映 3D 电影时不调暗屏幕灯光来省钱的，因为这点朴素的美德，这家电影院倒比大厦本身还出名。

　　某个周一的早上，陈白露在咖啡厅的柜台前排队买沙拉，怀中抱着一叠画册，因为开本太大，不能塞进手包里。身侧的人们大多沉默且严肃，有人不时看时间以怕错过打卡，只有两个女孩推推搡搡的，边笑边讲着今天上午因故停掉一场课的轻松，这是附近学校跑来看电影的学生了。

　　女孩中的一位留着长鬈发，在陈白露身侧跑跑跳跳的，栗色的发卷几乎要贴到陈白露的脸上，陈白露一闪躲，怀中的画册哗的一声撒了满地。陈白露待恼又不能恼，因为那女孩边蹲下身去拾着画册边仰起脸来看她，她浓密的长鬈发几乎要垂到地板上，瞳仁黑亮得像要放出光来，这样美貌的一个少女，用鹿一样的眼睛看着你，谁还能责怪她不小心呢？陈白露叹口气接过画册，这本也是不要紧的，但画册中间夹着一块新买的手写板，边缘被摔出了裂痕，这是要替换下公司里坏掉的那一块的。陈白露正在飞快地盘算着如何在打卡之前的半个小时里迅速买到一块手写板，那美貌少女的身后转出一个圆脸的姑娘，又惊又喜地喊她的名字，圆脸姑娘便是珠雨田。

　　珠雨田把摔出了裂痕的手写板拿在手里反反复复地看着，它是坏掉无疑了，她只是无论如何也不能相信这位住在带大花园的公馆的、在两天前的周末还举办着武康路上最气派的聚会的小姐，自称是 L 大厦里一家游戏公司的美工。她甚至确认了好几遍："不是设计师吗？"陈小姐只是回答她："算不上，只是做描线的工作。"

这真是令珠雨田十二个意外。珠雨田告诉她，如果她现在返回学校，向美术系的同学借一块手写板，只要拿出体能测试时长跑的速度，是可以在半个小时之内赶回来的。陈白露看着美术组的总监陪着老板从旋转门内走进来，说笑着朝电梯走去，干脆把车钥匙扔给她，又告诉她车位的方位。珠雨田拿着钥匙却犯了难，因为她是不会开车的，那个长鬈发的姑娘早跳了起来，拉着珠雨田往停车场跑，嘴里喊着"我开我开"，两人一阵风似的跑出门去了。

如今的大学校园里也是尽有漂亮的车子的，它们和漂亮的年轻人一样，总是成股地朝同一个方向流动，仿佛知识、青春、美丽这些好听的词汇都有磁铁一样的吸引力似的，终于会把它们汇聚在一起。尽管如此，莉莉，那个有浓密长鬈发的姑娘从车子上跳下来的时候，整栋教一楼都仿佛增添了一瞬间的明亮似的。

珠雨田冲到楼上的画室里。那位美术系的同学在画一幅青山绿水的油画，满手颜色，让珠雨田自己从他的背包里取画板。珠雨田随口问了"在游戏公司做描线的美工这种工作好不好玩"，同学冷笑："我们搞艺术的怎么会了解这么庸俗的问题？"珠雨田也知道这句话里是有一点自嘲的幽默的，只好讪讪地笑笑。

等她回到教一楼下的小广场上，那部车子还停在那儿，莉莉不见了，拥吻的情侣们和长椅上的读书人也不见了，只有广场中央一群穿着西装的中老年人围成了半圆，不知在看什么新鲜事。珠雨田跑去看，却见到那群中老年人是本校和本学院的几位领导，众星捧月似的陪着一个身形高大的黑脸膛大汉，莉莉站在他的面前，长鬈发在春风里飞着，手舞足蹈地说笑着。

这位黑脸膛大汉是宋先生，至于他是谁，不如单独分出一个篇章来讲。如果直觉不错的话，他便是这个故事的男主角了。

这个故事不是一个悲剧，没有车祸和失忆，也没有误会和冤屈；它只是某些女性角色的悲剧，因为你把人家当作男主角来设定的时候，在人家的"人生如戏"里，这位女性不过是一片温柔的晨光、一束可爱的草芥、一滴晶亮的露水罢了。这位宋先生是一个可爱的人，当然在银幕里，他会由一位风度翩翩的老帅哥扮演，不过在文字阶段，请保留这份严肃的反差吧——他的相貌实在是不大好看，而且有点凶神恶煞似的。

这是珠雨田第一次见到宋先生的真人，不过她和莉莉和几乎全学校的同学在各路媒体上早就对他的一切八卦了如指掌。说起来他还算是年长珠雨田二十届的师兄，不过毕业后据说没有做过一天建筑师的工作，而是转行从商，如今他的产业之庞大足够把学校买下来许多次了，连珠雨田申明放弃的那个出国的项目也是由他设立的奖学金——想到这件事，珠雨田心里一疼。她努力让自己不去想这件事，脸上却渐渐湿了，那是天上早有的一层薄云，毫无征兆地下了一片小雨。

上海的梅雨季到了，珠雨田这天回家，看到墙壁上又生了一圈一圈的霉渍，空气里总像能挤出水来似的，树叶和草地是早就乱哄哄地兴盛了，每一场雨落下来，都能用肉眼看到在生长似的。

珠雨田伏案写着功课，只有一盏台灯亮着，这天朱老板去一个远方表舅家吃喜酒，店里不营业，因此四下是不真实的静，只有一阵簌簌声从身侧传来，珠雨田停笔细听，却又听到"啵"的一声，回头看时，是墙角的一棵盆栽新抽了嫩绿色的茎秆，从老茎的芯里弱弱地探出半片叶子，原来植物生长的声音的确是能够听到的。

窗外是有一点雨的，行人大多撑着伞，一朵一朵地移动着，路灯上也是团着一层水汽的，珠雨田盯着那雾蒙蒙的光晕看，一眼便看到一个女孩在雨里疾走着，短裤衬衫，半长的头发，朴素得毫不起眼，但从那光洁的额头和细长的小腿还是能辨认出是陈白露小姐来。

珠雨田看着陈白露走出武康路 1768 弄的黑漆大门，朝开门的保安点了点头，绕过那棵梧桐树，径直朝"小雨天"走来。她先是看了看左边的茶叶铺，又跑到右边的便利店门口朝里张望，然后才回到"小雨天"门口，仰起头看那块乌木的招牌。

珠雨田推开窗子，雨水和泥土的味道一下子扑进来，她喊陈白露的名字，陈白露于是抬起头，湿漉漉的脸上笑着，朝她摆摆手。珠雨田跑下楼来，因为跑得太急，到了楼梯上才发现光着脚，又上楼穿鞋去。前门已经被朱老板上了锁，她从厨房上开的一个后门绕出来，因为耽搁了时间，跑到店前的时候，陈白露已经犹豫着，待走不走的样子。她的头发和肩膀都湿了，边跟着珠雨田朝后门走去边说："每天吃盒饭真是够了，本想今天自己下厨，买了一堆肉菜回来又发现天然气是坏的，亏我搬来了这么久才知道。想出来找吃的，你家今天又休息。"

珠雨田解释了母亲吃喜酒的事，便带着她走进厨房，食材尽有，不过珠雨田想起上次送鲜肉月饼的尴尬，一时倒为难了。想来想去，打开装点心的柜子，果然有一盒新做好的蝴蝶酥，这想必是南北皆宜的口味，自己先拿起一个来吃，果然陈白露也很高兴，问这盒点心的价格，珠雨田从来不问家务，哪里知道什么价格，只让她随便吃或者带走。

两人吃得高兴，又翻冰箱找果汁喝，却翻到放在保温盒里冰着的一大盒白切羊肉，珠雨田知道这是林瑞家今晚要的夜宵，朱老板离家之前特意煮好的。陈白露的眼睛亮起来，问有什么蘸料没有，珠雨田不懂这些，好在陈白露也不懂，她们把厨房里能找到的调料都加了一点，混成一碗味道鲜郁的东西，外加一碟干辣椒，须臾把二斤白切羊肉吃得干净。

两人说说笑笑的，因为白天的借手写板一事，明明只见过两三面，却好像熟识了很久的朋友。珠雨田一高兴，把白天见到宋先生，并宋先生的种种传言，还有只考中他设立的出国基金的半奖的事都告诉了陈白露。陈白露对前面那些七零八落的描述倒没什么反应，专门夸奖她："考中半奖也很好呀，出国是第几个学期？"

珠雨田解释了是明年，却没有解释为什么只中半奖是徒劳的，她不愿意像开玩笑一样轻松地讲出家中的窘迫。她只是不肯再谈这个话题，夹了一块羊肉在辣椒粉里滚着。那时外面的雨已经停了，晚上清凉的风从后门的缝隙里溜进来，陈白露也没有说什么，那盆羊肉已经见底了。

到了周末，又是一个盛事般的聚会之日，"燕北飞"的车子从"小雨天"的门口经过的时候，朱老板告诉珠雨田，昨天陈白露来找她订了一年份的聚会餐食，说是客人大多是上海人，所以还是本地口味更合适；并且一次付清了全年的款项，这位陈白露果然和张师母口中形容的一样，是个粗心又散漫的大小姐呢。珠雨田听母亲报出这笔款项的数目，正是她要出国所缺的那另一半费用，于是心中热热地翻涌起一些什么，忍不住朝向陈白露家走去的客人们笑了一笑，心里想：

　　"你们的朋友陈白露小姐，她真是一个很好很好的人啊。"

Chapter Three

宋先生

宋先生对女孩永远谦卑有礼，
这和他在谈判桌上"你想与我做生意，
我却不介意和你玩命"
的流氓样子判若两人。

○

许多人都认为，且必须认为，作为男主角的宋先生是一位温柔且专情的中年富商，或者霸道且多金的风云之辈，同时，他还必须有令少女一见倾心、只在茫茫人海中目光交会便知道"我与此人必有一本书的悲欢离合"的容颜，就像杨过摘下面具一样的效果。

　　许多人都说宋先生必须是这个样子，这是男主角应该有的样子，这是少女读者和观众会爱上的样子，也许在统计学上这样也没错，但真实的生活比戏剧更具有天然的张力，且人设不可以随便修改，宋先生只能是宋先生，如果宋先生是杨过，那么他便不是这一个宋先生。至于少女们也许会不爱这样的宋先生，倒不是那么重要，现实中当然不是所有少女都爱宋先生，那么怎么能够要求所有的少女都爱上他呢？最好大家都不要爱他，都嫌弃他的容貌、鄙薄他的滥情，或者干脆对他不感兴趣，因为次元壁是很薄的，薄到占有欲完全可以穿透。

在书中的这个次元里，颜控如珠雨田在见到宋先生以后不自觉地向后退了一步，因为他的真人比新闻上更魁梧些，更黑壮些，相貌也更凶恶些。是的，凶恶，珠雨田只想到这个词，因此她是绝不希望再见到他的。可是陈白露预付的一年份的宴会款项送来后，她去院长的办公室里递交留学的材料，又看到这位相貌凶恶的先生在会客室里坐着。会客室是院长办公室里的一个小套间，门敞着，院长坐在宋先生对面赔着笑。

珠雨田把装着一大沓材料的牛皮纸袋交给教秘，一个兼职在学院里工作的研究生师姐。师姐是系花，成绩又好，心气呢自然是很高的，走在校园里几乎从来不和人打招呼，在办公室里则常年盯着电脑屏幕，用眼角的余光看着来人，问她有什么事要办。珠雨田于是对着她的眼角把原委讲了一遍，因为一门之隔的会客室里不时传来宋先生洪钟一样的笑声，珠雨田把声音压得很低。教秘瞥了她一眼，因为眼波流转得太快，看上去像翻了个白眼："讲不清楚就回去想一想，下午再来讲，我要去吃午饭了。"

珠雨田有点着急，眼见她已经合上了电脑，抓起一只桃红色钱包，手便按在了那只钱包上，说明原委，那声音已经低到自己都听不清楚了。教秘自然也是没有听清楚的，可她点了点头，好像对珠雨田的来意了然于胸似的，珠雨田犹豫着要不要再讲一遍，她已经拿起钱包和一把粉紫色的阳伞走了。珠雨田把文件袋摆在她的键盘上，虽然是强迫式的提醒，却免得它被丢入文件的汪洋大海里，错过了截止日期。会客室里又叫"小吴老师"，不知道是在和哪一个讲话，愣了一秒钟才想起来教秘确实是姓吴的，想喊一声"她去吃饭了"，却不知道为什么默默地走了进去。

会客室里烟雾缭绕，珠雨田在苦涩的雪茄气里屏息站着，身侧是魁梧的宋先生，穿着一件灰扑扑的 T 恤衫，好像每天早上给"小雨天"送蔬菜的货车司机；手臂上的绒毛几乎遮住了黑黢黢的皮肤，看上去孔武而狰狞，又像一个朝头上挤一瓶矿泉水就跑上打擂台的拳击手。宋先生背朝着珠雨田坐着，想到他凶恶的长相，她心里又是一阵嫌恶。

院长见是珠雨田来了，遂伸着脖子朝会客室外面的办公室看去，眉头皱了起来："小吴时间观念很强，午饭时间准时去吃饭，也不管我这儿的会有没有开完。"

珠雨田虽然不喜欢这位用余光看人的吴姓教秘，但心里也为她不平，此时已经接近下午两点钟了，怎么你们的会议不结束，人家就不能吃饭吗，她在这个时候才离开，想必也是饿得熬不住了，于是随口撒着谎："吴老师没有去吃饭，是刚才一个学生喊她去做一个什么事来着。院长您要做什么，打印？倒茶？"珠雨田边说边抓起桌子上的茶杯，低头看到宋先生打量着她，黑脸膛上一点表情也没有，忙抓着茶杯跑进了茶水间。

这时也是巧的，一大桶纯净水刚刚用光，不知被谁卸了下来，新的却没有替换上去，还带着塑料膜的封口立在墙角。珠雨田试了试，根本连拎得离地都不能，两个不认识的女生用纸杯接着投币咖啡机里的咖啡，叽叽咕咕地讲着不知道主人公是谁的八卦，珠雨田请她们和自己一起换水，两人只是抬了抬眼皮瞥了她一眼，便握着纸杯走得更远了些。

只好自己用力。

超大号的水桶吊在她白藕似的两截手腕上晃晃悠悠，拖出了只半米远，一团黑影堵住门口，把午后的阳光全都遮蔽了。珠雨田还弓着身子喘气，面前这人伸出一条毛茸茸的手臂，一下子把那桶水提了起来，她一个"谢"字刚吐了一半，就抬起头看清楚这人是宋先生。

这是她距离宋先生最近的一次，又因为他身量太高，只能以一个夸张的角度仰视着。这不是在少女漫画和偶像剧的浸染中长大的珠雨田想象里生意人的样子，他没有穿着丝质的有暗条纹的西装，也没有俊秀的面孔和忧郁的神色，他的确像一个货车司机或者拳击手，拎起这桶水的时候又像一个送水工人，是每一个动作和衣褶都冒着力气的。

这是一个响晴的天气，积攒了半个黄梅季的水汽快活地蒸发着，再加上新烧滚了水的蒸汽，咕嘟咕嘟地在小小的茶水间里冒出来了。宋先生问她几岁了，读几年级，功课累不累，好像在问一个十岁的孩子。他问一句，珠雨田答上两三个字，连自己也觉得局促，于是仿着他的问句反问回去，多大年纪，公司做了几年，做生意累不累，没想到宋先生也一板一眼地答了，于是这试图活泼气氛的淘气并没有达到效果，反而使两人的交谈蒙了一层肃穆的正式。

水烧开后，宋先生把两只杯子续上水端在手里，于是珠雨田也没有回到院长的办公室的理由了，她站在走廊上看着宋先生，阳光刚好在对面的教学楼上反着光，晃得她眯起了眼睛。

那天珠雨田还没有离开教学楼就接到了教秘的电话，告诉她因为她之前放弃过出国的名额，这个名额已经口头应允另一位同学了，虽然没有正式的文件，不过大学是要讲信用的，失信于学生是绝不可以的。珠雨田觉得她说得很对，连那冷水一样的语调也不觉得生硬，的确是她亲口放弃了名额，的确在她亲口放弃的时候就被告知这个名额会让给别的学生，只是她在心里涌起一点小小的遗憾，不过因为相差了几天，她就与一件美好的事擦肩而过了。边这样想着边走出教学楼，暑热的湿气一下子扑过来，好像迎头一棒。

宋先生住在一间临着黄浦江的房子里，玫瑰金色的电梯门无声地打开，迎面便是一间宽敞的起居室，没有走廊，也没有邻居，这栋大厦每层只有一家住户。起居室里银色丝绒的窗帘垂着，带有暗纹的石质地板反射着壁灯柔和的黄光。起居室的窗子是一个巨大的半圆形，按动墙壁上的按钮，窗帘发出一声细微的窸窣向两边退去，一片浓重的夜幕便在眼前了。虽然因为层高的缘故听不到江水声，但那河流在雪白的月光里安静地流淌着，更有一种肃穆的诗意。他明显感觉到怀中的女孩微微抖了一下，于是自己的嘴角也露出了笑容。

这是他熟悉的反应，他也许带过三位数的女孩站在这里看静寂的江水，她们都有同样的震颤，没有一个例外。

这笑容是友好和宽容的，没有丝毫的嘲笑和玩弄。对女孩的嘲笑和玩弄是低级人才有的情感，而宋先生与他们不是同一类人。在高级人的世界里，女孩是如艺术品般需要小心收藏，又像有功的重臣一样值得被尊重的。

宋先生对女孩永远谦卑有礼，这和他在谈判桌上"你想与我做生意，我却不介意和你玩命"的流氓样子判若两人。宋先生还很懂得和女孩交往的规矩：在第一次约会的时候，他会送上昂贵但不庸俗的礼物，这样女孩不必为了显示自己具有俭朴的美德而拒绝它们；在准备分手的时候，无论是他移情别恋了，还是毫无缘由地不喜欢她了，他都会把所有的责任揽到自己身上，自责是一个轻薄的浪子，完全不能般配遗世独立的她，她肯屈尊与他有过这样一段（通常是两周）美好的（肉体）关系，必会成为他后半生珍藏的回忆，请她这样一位优秀的小姐千万不要为这场不值得的情伤而沉沦。

这样一位挥金如土，又深情款款的宋先生，即便相貌凶恶些又怎样呢？其实如果看习惯了的话，他那张黑脸膛也有一种难以用语言描述的帅气呢。许多女孩在和宋先生分手后都这样说，因此他的口碑是很好的，这个城市里不断有新鲜的面孔在中午时分起床，用一个下午的时间泡澡、做发型、贴着面膜选衣服，为的是黄昏时去赴和宋先生的约会。

这些小姐的年龄是越来越小的，不知道的也许以为宋先生有什么奇怪的癖好，其实他自己并不喜欢这样，他很好奇为什么女孩们不像从前那样做出和自己年龄相仿的打扮，为什么连17岁的少女看上去也像25岁？

他曾经不小心约会过一个高中女生，好在他们还在餐厅里吃饭的时候，他问起她工作上的事，女孩发出一阵爽朗的笑声说自己正在为高考头痛呢。他带着一身冷汗落荒而逃，从此必要先问清楚对方的年龄。至于今天这一位在臂弯里对着滔滔江水发出赞叹的女孩，她是完全不会有问题的，因为他在白天的时候刚刚被那位院长介绍她是兼职做教秘的研究生，说起来也算是他相隔久远的师妹了。

这位吴樱蕾小姐是学校里的风云人物，她个子很高，即使站在魁梧的宋先生身侧也丝毫不显矮小；身材不算纤瘦，小腿上是多年健身积累的漂亮肌肉，皮肤是蜜糖的棕色，新鲜得如同吸饱了阳光的水果。学校里传说她必定不会流入寻常百姓家，因为她在五金市场开小商铺的父母节衣缩食送她去上芭蕾课和钢琴课，是铁了心要把她送入豪门的。

正在读研究生三年级的吴樱蕾交往过的男朋友太多了，列出来便是一张本年度富豪榜单，或者富豪的儿子们的榜单。她的年龄不尴不尬的，比时下流行的嫩模要大一些，可是仍然年轻，在她的父母眼中，嫁豪门的机会是在飞速流失着，因此许多个辗转难眠的深夜，也未免要心疼下她从小学芭蕾和钢琴的花销；可是在吴樱蕾自己看来，她每和一个男友分手时的伤感是纯粹与情感相关的，至于又一个太太身份与自己擦肩而过，那倒并没有什么，她手机里等着和她约会的富豪还有一大串，连在学院的办公室里枯坐都有人来做候补——所以有什么可焦虑的呢。

白天的时候，她埋头理着文件，就听到院长带着客人从外面走进来了。她本不用理会，更不用端茶倒水，学校里的人际关系没有太多体制内的迂腐，基本上还是比较简单的。可是那个人边随着院长往会客室里走边回头看着她，她能从声音的方向分辨出来，于是她也从文件堆里把头抬起来了，逆着窗外的光线看向他。

一个魁梧的人，相貌很凶恶。

隔着会客室半敞的门，她听明白了这场会面的内容。这位凶恶的男士是年长她十几届的师兄，毕业后不知做什么，总之不是在建筑业，赚了永远也花不完的钱，于是给这些钱找了一个新的出路，给本学院捐建一栋新的教学楼好了。后来他从会客室里走出来，文质彬彬地问可不可以请"师妹"吃晚餐，她正握着电话的听筒，用机器一样的声音告诉珠雨田她放弃了的出国名额已经不能挽回了，然后挂了电话，抿嘴朝宋先生一笑。

宋先生很喜欢这位吴樱蕾师妹，因为她不仅长相鲜嫩，而且有一些很传统的价值观。刚才在餐厅里，她边吃烤小芦笋边问他是否已婚，这个问题让宋先生愣住了一秒钟，因为的确很少有女孩关心这个问题，他甚至都没有好奇过为什么女孩们并不关心这个问题。这句最常规的问句反而显得反常，这反常又使宋先生有些感动了，于是他放下刀叉直视着她，郑重地回答他有一个美丽的前妻，一个天使一样可爱的五岁女儿，离婚三年，目前单身。

宋先生喜欢吴樱蕾，还因为她和他一样也是读土木工程专业的。虽然从事金融业十几年的宋先生已经不记得图纸的画法，但如果在饭桌上谈谈建筑的风格和基本的原理，还是能听出有一些专业的底子的。这年代久远的专业功底被吴樱蕾略微夸大地赞美着，那夸大的程度既显出崇拜，又不显得有丝毫谄媚，是需要很大功力拿捏的恰到好处。

这奇妙的时间错位让宋先生有些感慨：他心里知道，是他的财富和身份让他有机会与她在同一张桌子上吃晚餐，为了这餐饭他必须比她早出生十几年去奋斗；倘若他与她同级，如此美貌的她，会喜欢班上其貌不扬的、出身无名县城的他吗？

当然，这种问题问出口便是亵渎。宋先生只是笑着看着她咬小芦笋的样子，雪白的牙齿一闪。

在这所临江的房子里的长沙发上，宋先生和吴樱蕾攀谈着，这并不是什么虚伪的绅士风度，而是他真的对她很感兴趣。他在一问一答里知道了她家住在上海的城郊，小时候家里附近还是农田呢；她从小就按照小说和电影里的"上海小姐"来要求自己，不过十五六岁时顿悟那都是经过文艺创作后的符号，是有些失真和可笑的；她少女时候长得并不如现在美，是二十岁后五官长开了才变成美人的；她读书并不太用功，不过脑子似乎的确比别人聪明，因此考试的成绩总是很漂亮的。

吴樱蕾是个坦荡的人，连父母希望她嫁入豪门又对她一直单身表示失望都讲了出来，这是她的天真本性，当然也可以理解成聪明之处，因为有谁不喜欢坦荡的人呢？坦荡是这样美好的一个词汇。宋先生果然因此更加喜欢她了，这时的她不仅是一个有着漂亮肌肉和蜜糖色皮肤的高智商学妹，还有了一份屡过豪门而不入的坦然。

"不如我们结婚，"宋先生把一只手搭在吴樱蕾圆润的大腿上笑着说，"我做生意，你做学问。我们很般配对不对？这一晚上的相处可以看出来你并不讨厌我，而我很喜欢你，这就足够夫妻之间相处了。"

吴樱蕾没说行，也没说不行，因为他的话本来就是一句玩笑，玩笑是不能用肯定句或者否定句来答复的。她从长沙发面前的桌子上摆着的水果里挑了一只光滑的雪梨，脆生生地啃了一口。梨子清冽的香气立刻四散在她的周围了："给我讲讲你的工作吧，我听说某只股票涨了，原因往往只有一个，就是你买了，或者某家公司的老大被扫地出门因为你变成大股东了，这些故事是不是真的呢？"

宋先生没说是，也没说不是，因为她的话本来就是一句笑话，笑话是不能用传道授业的语气来解释的。他只是把手在她的大腿上向下移动着，一直抚摸到她圆润的膝盖。她穿着打着百褶的蓝色半裙，裙边刚好齐着膝盖，再下面是肌肉线条极流畅的小腿，那是自幼学习芭蕾的结果。宋先生也交往过舞蹈专业的女朋友，但是连她们的肌肉也没有这样饱满，甚至在此之前，宋先生从来不知道肌肉感也是这样美的。宋先生一边亲吻着她浅红色的嘴唇一边说："一只股票涨了，是因为它跌了太久了；一个公司的老大出局，是因为他本来就不是合格的经理人，只有好的才配好的，我说得对吗？"

吴樱蕾没有机会回答这句话，就倒在身后软绵绵的抱枕上了，宋先生吻着她蜜糖色的脖颈，那上面还有刚才喷溅的梨汁，那一点香甜的味觉像是从迷梦中将人唤醒的信号，反而使宋先生冷淡了。事实上他从一分钟以前就开始分神——这当然不是吴樱蕾的错，也许她只是想更了解他的工作一些，也许她是想打开话题，好进行更深一个层次的恭维，哪怕时间错开几天，她的问句都是聪明的，但她的运气不好，宋先生一边亲吻着她的肩膀一边想，她的运气可真是不好，她刚好触碰了他今天最不愿意想起的一个问题，于是他什么兴致也没有了。

宋先生坐起身，点了一支烟说："我让楼下送一点消夜上来吧。你要不要吃蟹粉小笼？"

打火机的火光在黄色的壁灯下一闪，是短暂的、明晃晃的，火光映在吴樱蕾黑漆漆的瞳仁里，宋先生在她的脸上看到了转瞬即逝的失望神色。他们都是成年人了，如吴樱蕾所说，她也交过许多个男朋友了，他们都知道这突然冷静的吸烟意味着什么。宋先生觉得于心不忍，在一秒钟以前，这可怜的姑娘还沉浸在美好的情欲里呢。

可是他已经过了为了礼貌而勉强自己的年龄。他也知道这点于心不忍在她离开后就会化作青烟消散，而且，这只是暂别，将来某个他无比寂寞的时间，仍然可以请她出来吃饭，边吃烤小芦笋边谈舞蹈、钢琴和建筑。

"这个季节的蟹粉小笼都是用蟹粉罐头做的。"吴樱蕾也坐起来，把散下来的头发拢到耳后去，"普通的鲜肉小笼比较好。"

宋先生心中的愧疚又加倍了，这样得体的姑娘，她脸上的失望和恼怒还没有消散，可是她的语气这样平静。

她竟然在认真地讲蟹粉的季节。

吴樱蕾吃过鲜肉小笼后才离开，她用餐巾纸抹了抹浅红色的嘴唇，然后亲吻了宋先生的脸颊，那亲吻是丝毫不带情色味道的，更像是没有意义的法国人的贴面礼。玫瑰金色的电梯门在宋先生面前关上的时候，吴樱蕾没有转过身来，宋先生有一种预感，她不会再回来了，以后的某个时间他再寂寞，她也不会再接他的电话了，她是茫茫人海中的一个路人，与他一生只有这一次擦肩而过的机会，从此再也找不到她了。

宋先生默默地在长沙发上坐着，保持着刚才倾向她一侧的姿势没有动。他在等着这一点愧疚消散，并且他需要几分钟的时间把她蜜糖色的皮肤从记忆中抹去。两分钟后，那支烟燃尽了，他把它丢进铺着咖啡粉末的烟灰缸里，起身去王詹姆家了。

王詹姆是他的老朋友，早就通知他今晚在他家有泳池派对，有个经纪人带来了一船的韩国模特，他因为临时约了吴樱蕾而爽了约。一船的韩国模特易得，那个甜美的吴樱蕾难求，现在吴樱蕾也走了，他还有时间去赶上一个派对的尾巴。

派对的记忆是没有的，宋先生在泳池边的躺椅上醒来，身上盖着湿淋淋的浴巾和毛茸茸的毯子。红彤彤的太阳是新升的样子，照着一地的酒瓶碎片和踩扁了的蛋糕。夏天天亮得很早，因此他并没有睡上几个小时，太阳穴因为睡眠不足和酒精的作用而眩晕地疼着，还有一点他不愿意面对的原因是，年龄也让他不能再彻夜宴饮欢乐了。

王詹姆的司机正指挥着保洁工人清扫泳池，宋先生赶忙抓住他，让他送自己回家。司机大约刚刚起床，黑衬衫上还沾着一点牙膏的沫子，宋先生也不算有洁癖，可是仍然觉得邋遢，如果是他自己的司机，一定命令他换一件衬衫去，这时候也只好把视线移开。

车子还没发动，王詹姆穿着红蓝格子的睡袍和塑料拖鞋跑过来，睡袍敞着，露出椰子树图案的短裤和一肚子白肉。他是个可爱的胖子，脸上总是笑呵呵的，这时候塑料拖鞋拍在泳池边的石质地板上，发出滑稽的啪啪声。宋先生觉得这主仆二人的卫生或者着装习惯简直一脉相承，老板都这样不讲究，怎么好怪司机穿有牙膏沫子的衬衫呢。

宋先生和王詹姆是老相识了，他有时候带着新认识的女孩回家，醉眼蒙眬地看着她们鲜花一样的脸颊，会想起他也有这样圆鼓鼓的脸蛋时，她们还没出生呢。

他就是在那个圆鼓鼓的时候认识王詹姆的，他们在同一个中学读书，同一个年级，但不是同班。宋先生是稳坐每年期末考试第一名的超级好学生，未来要挂在这个八十八线小县城的中学门口的公告栏里，写着"祝贺宋某某考中某某大学"的那种人。而王詹姆——鬼知道他的中文名字叫什么——既胖且憨，差生么也不算，勉强算个开心果，其实连做开心果也不是很优秀，因为中小学时候心甘情愿被取笑的人总是要有一点厚脸皮的自嘲精神的，可是王詹姆似乎还残留着一点倔强的自尊心。

他们两人在少年时候本来绝没可能认识，即使认识也不会成为朋友，即使成为朋友，也会随着中学时代的结束而走上不同的人生道路，一个成为金领精英，一个泯然茫茫人海。

大约是 1991 年，高三的一个晚自修之后，小宋同学和班花在乒乓球室里缠绵了一会儿，等整座教学楼的人都走光了，才慢慢牵着手走出来。所有教室和走廊的灯都关了，只有楼梯口的标志牌发着淡绿色的光，上面"安全出口"的字样显得并不那么安全，好像那黑洞洞的小门是个闪着鬼火的地狱入口似的。班花是个身材超辣的女生，性格比身材还要辣，平时揍起小宋来拳头像小铁锤似的，可是每到他们并肩走在漆黑的教学楼里，她就像一个被抽走了骨头的鱼，软绵绵地抱着小宋的胳膊，嗓音甜甜地说：

"好黑哦，我好害怕，前面会不会有鬼。"

这一瞬间的温柔让小宋觉得白天的那些拳头挨得也蛮值的。

何况身材又这么辣。

小宋边牵着她的手往楼梯的入口走边说："这里只有你一个鬼，你是一个美丽鬼、娇娇鬼、小小鬼。"

……

"嘘！有人还在上自习吗？"班花突然恢复了她正常的烟嗓压低了声音说。

小宋也停住脚步听。

嗒嗒，嗒嗒嗒。嗒嗒嗒嗒嗒嗒。

像是有间谍在发摩斯密码。

然后他和班花适应了走廊里的黑暗，同时惊呼了一声："校长室！"

走廊尽头是校长室，也是这破学校里装修最豪华的一个房间，他们连乒乓球室都申请了一年才被批准，可是校长一个干瘦的老头子独享两百多平方米的超大办公室，养匹马都足够了。除了空间上铺张浪费，校长室里还堆满了教育局下发的各种外文图书和国外的原声电影，可是他都以"反正你们也不懂英文"为由据为己有，至于学生们提出的抗议"不懂才需要学啊"，他好像听不懂中国话一样不予回复。

那发报机似的嗒嗒声的确是从校长室里传出来的，可是校长室里的灯并没有亮。这里过于安静，那声音听上去既邈远又清晰，安全出口的淡绿色标志牌好像电量突然不足似的，一明一暗的，玻璃窗外的月亮却突然从云层里露出来，在地板上洒下一团雪白的光。

嗒嗒，嗒嗒……像齿轮运转，也像液体滴落。

连小宋也毛骨悚然了。班花抓紧了他的手。

"别怕，可能是小偷。"小宋冷静地说。

小宋那时候是个血气方刚的少年，班花更是别人没有招惹她她也要找别人麻烦的性格，这时觉得有小偷潜入，当然没有躲的道理，两人在月光里对视了一眼就贴着墙根无声地溜去捉贼了……

原来也并不是贼，只是一个戴着眼镜的白胖子坐在角落里的一张小方凳上，方凳太小，他的半个屁股都悬在凳子外面，身上穿着一件好像很久没洗的灰扑扑的毛衣和红裤子，看着破门而入的小宋和班花，吓得抖呀抖的。他面前一个屏幕亮着微弱的蓝色亮光，上面一排英文。

"你是十四班的王……什么吧？"小宋看他觉得眼熟，"你大半夜的在这儿干吗呢？你怎么进来的？"

"我进来找点东西。我走了，我走了。"姓王的白胖子抓起地上的书包，噌噌地往外走，走了两步又跑回来，按了屏幕上的一个按钮。屏幕一片黑暗。

"回来！你不是找东西吗？找着了吗就走？"

"找着了，找着了。"

"把书包打开！"小宋喝了一声。

白胖子犹豫了一下，乖乖拉开书包的拉锁，里面两本破书，一个图案都磨没了的黑铁铅笔盒，一个铝饭盒里装着半盒冰凉的剩菜。

060

"你刚才按的这个按钮是什么？"

"关机，关机。"

"啊！"一直站在月光阴影里的班花低声说，"这是计算机吗？"

"是，是。"白胖子不那么拘谨了，脸上笑呵呵的，"去年省里教育部就给咱们学校配了一台，不过校长不让学生用。其实也没人会用，也没有老师能教。这个，全中国懂的人也不多，嘿嘿。"

"那你怎么懂！"小宋怒了，因为他竟然跟自己美丽又火辣的女朋友一气讲了这么多话，而且女朋友都认识此物，而自己却不知道它是什么。

"我自学的……"

"屁！我都不会，你怎么自学？"

"就照着书学。"白胖子指着书包里的两本书，小宋拿出来一看，一本书的封面上印着一个方方的蠢蠢的计算机，翻开都是英文，看不懂，另一本是翻得纸边都毛了的《英汉词典》。

小宋没底气了，但还是努力提着气："那你刚才是在干吗呢？"

"编程。"

"编程是干什么用的？"这句话一问出来，小宋突然觉得自己很丢脸，因为他已经完全没有了质问的语气，只剩下好奇。

"这个一时半会儿也说不完——"

"别说话！"班花突然拉住他们俩。

远远的有京戏在唱"劝千岁杀字休出口"，声音拖得很长，这是看门的大爷举着录音机来巡楼。

也不知道这两百米外就能听到的动静对抓小偷有什么鬼用。

三个人屏息静立，等着那京戏近了又远了，然后下楼了，然后大门用铁链锁咔嗒一声锁上了。深夜的教学楼重新恢复了安静。

白胖子说："别担心，一层有个窗户的锁是坏的，能跳出去。"

小宋不屑地说："我们早发现了，不然你以为我们俩天天晚上约会完是怎么出去的。"

白胖子嘿嘿地笑着："那锁是我弄坏的。"

"那校长室的钥匙呢？"

"趁看门大爷午睡的时候偷出来配了一把。"

小宋惊讶又佩服地拍拍白胖子的肩膀："没看出来啊兄弟！"

从此他们就成了兄弟。每天的晚自修之后，小宋带着班花在走廊这一头的乒乓球室缠缠绵绵，其实是给另一头校长室里的小王放风。午夜时分，三个人像飞贼一样从一层的窗子里鱼贯跳出，不过后来小王跳窗子越来越困难了，因为他更胖了。

白白胖胖的总是笑呵呵的王詹姆是个很幸运的人，因为他在少年时就偷偷学到了一生的爱好，十年以后他有了一个有上千员工的公司。宋先生从土木工程系毕业后没有做建筑师，而是去了投行做分析员，几年后拉了一只基金单干，他对研读了四年的宏伟的建筑之美只有喜爱却没有热爱，他热爱金钱和数钱的快乐。

那是更接近数学的单纯而高尚的快乐。

又过了几年，王詹姆的公司上市了，他是这个八十八线小县城中学最光荣的校友。其实只有班花和小宋知道他的计算机启蒙得来得多么辛苦又凄凉。

不过身材和性格都很辣的班花已经不知道嫁给天南海北哪个张三李四了。

　　宋先生也觉得王詹姆是个很幸运的人，不过他所谓的"幸运"不是个褒义词。在他的冷眼旁观里王詹姆是一个编程大神，但并不是一个管理软件公司的好手，更糟糕的是，他是一个金融白痴。他的幸运是他成长的年纪刚好和时代的爆发同步。公司上市后的成绩并不好，好几次股价都陷入相当危险的境地，宋先生在职业的角度并不看好，但是出于义气也几次出手相救。不知不觉地他占有了很大一笔股份。一个把"数钱"当作人生最高享受的人不断买入他本来看衰的公司，一直买到如此地步，也算对得起当年那一句"兄弟"了。

　　宋先生是真的很喜欢王詹姆，因为他是个难得一见的单纯的人。王詹姆对他的态度并没有因为公司的事而多一分谄媚或忌惮，也没有多添出一丝距离感。也许那些坐在宋先生的沙发上的年轻姑娘不认为这是特别了不起的事，但是在生意场上见惯了人情冷暖的宋先生觉得，一颗不卑不亢的赤子心是值得赞美的。

　　王詹姆的赤子心还包括他痴迷非常辣的泳装美女，是生殖崇拜式的痴迷，只要丰乳肥臀，拒绝思想内涵。这让宋先生非常不理解，因为他是喜欢和女孩坐在沙发上谈一谈人生和艺术的，她们亮晶晶的眼神（美瞳）、羞怯又热情的表情、澎湃的世界观，甚至对时政的有趣的见解，那才是一个女孩最迷人的部分啊。所以王詹姆的家里虽然常常开着非常香艳的派对，宋先生却不是常客——那些在眼前晃来晃去的白肚子和王詹姆的白肚子有什么本质的区别呢？他总是把自己灌醉后沉沉地睡去。

穿着红蓝格子睡袍和塑料拖鞋的王詹姆啪嗒啪嗒地跑过来，站在泳池边上说：

"老宋，你这脸色可不是特别好哇。"

"大冷风里睡了一夜，我能好吗，也没一个人把我喊进去。我可是不行了，真是有年纪了，现在浑身骨头跟散了架似的。"

"你别让年纪背黑锅呀，我比你还大一岁呢，我劝你锻炼锻炼身体，现在不是流行跑马拉松吗？"

"宁死不跑，告诉你，一跑马拉松就意味着承认自己中年危机了，承认这件事儿可比这件事儿本身丢人太多了。就不承认，让它在那儿放着，自然过渡到老年痴呆吧。"

"老年痴呆也没什么，什么都不用操心也挺好的，到时候我陪你坐着轮椅看海鸥去。"

"我想想就恶心。"

宋先生摆摆手走了。事实上他们有一笔大生意在做，但是他们从不聊生意。

王詹姆的白肚子在早晨微凉的风里颤呀颤的，坐在宋先生昨晚睡着的躺椅上，让保姆拿了一些早餐来。他胡乱吃了几口抹了超厚黄油的烤面包就去公司开早会了。这个早会很重要，王詹姆带领的公司的管理层要签署一个决议，定向增发一些股份给宋先生，因为最近股价跌得太惨淡了，占比本来就不低的一个股东，一向低调无闻，突然增持成第一大股东。再晚几天，王詹姆也许就不是公司的话事人了。

宋先生要接过这些增发的股份并不容易，除了他自己的钱，还要向银行借上很大一笔。如果不是因为和王詹姆二十几年的交情，他是不会做这个决定的。他也感受到了资金上的压力，默默做了一些牺牲，比如一些在洽谈中的生意都暂停了，要暂停的项目就包括准备捐献给学校的那栋教学楼，他来学校的会客室里就是准备和院长讲这件事的，这个时候珠雨田闯了进来，懵懂的样子，岔着手站在那儿问要倒茶还是要打印，她努力使自己表现得像一个熟练的教秘，可是她脸上的天真和惶恐都是 18 岁的；她有一个很短的人中，因此上唇娇憨地翘着。他又把本来要和院长讲的话咽下去了。

商人做决定有时候很理智有时候又不，珠雨田永远不会知道是她懵掉了的表情为学校保住了一座新楼。

王詹姆的司机带着宋先生穿过一条又一条街道。清晨的上海已经醒来了。早点车停在路边，戴着白套袖的手翻动着香气四溢的鸡蛋饼。

戴黑框眼镜的小白领们从便利店拎出杯子装的关东煮。

在人行横道上走过的女孩擦掉口红，咬了一口塑料袋里的生煎，塑料袋上印上了半个鲜红的唇印。她也没有发觉，马尾辫被风吹了几吹，就挤进人群里不见了。

绿灯亮起的一瞬间，宋先生对司机说："掉头，去长乐路。"

司机是跟了王詹姆很多年的，与宋先生也很熟，他知道长乐路是他离婚前和太太居住的旧屋所在，离婚后他搬走了，前妻带着女儿仍然住在那里。

宋先生知道女儿每天七点钟起床，七点半吃早餐，八点钟由她的妈妈开车送去学校。这时候是早晨六点四十五分，如果他到得及时，能刚好赶上她穿着白色的盖到脚背的睡袍，蓬着一头自来卷的头发从卧室里走出来，扑进他的怀里。

想到女儿，宋先生把塌下去的后背挺直了些，好像女儿就坐在身边看着他似的。

066

他先打电话给前妻，这时候她应该刚刚结束晨跑回家，在厨房里煮牛奶。

电话响了很多声还没有人接，又打一次，仍然只是忙音。

当然住在繁华的上海市长乐路是不会遇到危险的，但宋先生还是有点慌了。除了她以外，他也不会因为任何人的两通未接电话而慌张，毕竟现代社会能精准地找到想要找的人才是反常——可是这是她，她是个循规蹈矩的、生活规律得仿佛是一个依靠程序运行的 AI。

敲门，敲了许多遍，没有人应。又拨电话，这次只响了一声就接起来了，静姝，他的前妻，声音好像很累似的压得很低："什么事……现在几点了？"

"你在哪儿，家里没有人吗？"

电话没有挂断，但是也没有声音了，过了一小会儿，静姝穿着一身浅灰色的睡衣来开门，她的头发很蓬，脸睡得微微有些浮肿，用她娇憨的眼神看着宋先生。

"Grace 呢？"宋先生边往里走边焦躁地问，客厅和餐厅的窗帘全部关着，房间里只亮着一盏昏黄的廊灯。

"这么早喊她起来干什么……"静姝关上门，跟在宋先生后面。还没等她说完，宋先生就想起来了，今天是周六，她们母女还没有起床呢。

静姝是个娃娃脸的妇人，她与宋先生年纪相仿，是实打实地将近四十岁了，可是看上去完全可以冒充二十八九岁。她的眉毛弯弯的，圆润的下巴翘起来，这让她总是带着一点少女的娇憨神色。娇憨是伪装年龄的灵药，只可惜那些只会在脸上打玻尿酸的女孩并不是很懂得这个道理。

　　宋先生一颗心放下来，也不说自己的日子过得糊里糊涂，连周末也不记得，他在沙发上坐下，用一个松软的靠垫倚住酸疼的后背。静姝背对着他拉开一半窗帘，清晨干净的阳光立刻洒满了客厅，角桌上的一束向日葵在广口瓶里昂着沉甸甸的头，棕红色的地板反射着柔和的光。

　　这是他们婚后买的第二所房子，是一个漂亮的小复式，装修花费很昂贵；第一所房子是个五十几平方米的小单间，他们在里面度过了新婚的前两年，他的生意一有起色，就把当时所有的存款都用来买了这套复式。宋先生说他不喜欢搬家，搬家是漂泊的感觉，不如一次投入所有买个足够合心的，免得将来再换。不过作为一个金融从业者，他能预测股票的走向，却没有预测到婚姻破裂的结果。

　　静姝站在窗帘边笑着看了他一会儿，不知道是两个人没有话可说，还是担心讲话声把女儿吵醒，两人静默着，然后静姝走进洗手间里了，他听到她洗漱的声音，然后她边绾着头发边走到餐桌旁边，腾出一只手来去烧水。宋先生刚点上一支烟，她就端着两杯绿茶走过来了。细细的茶针在玻璃杯里立着，慢慢地沉下去，"烫。"她笑着说，然后宋先生缩回了手。

　　"有昨天做的曲奇，要不要吃？"她笑着问。

宋先生这时候并不是很想吃甜食，但是也笑着，好像精神很振奋的样子："好啊。还有什么吃的？"

她去厨房里忙了一会儿，端出一碟撒着碎巧克力和糖霜的曲奇饼和两块三明治，三明治里夹着厚厚的金枪鱼和西红柿片。

宋先生大口咬起三明治来，一口咬掉小半个。

当然他平日里约会的那些年轻女孩子不会相信，离婚后的前夫妻是可以在周末的早上这样吃早餐的。

"你看上去精神不太好。"静姝边喝茶边看着宋先生。

"你看上去真漂亮。"宋先生看着她，笑着恭维她，这是他对女性惯用的态度：表达赞美，保持崇敬，并不是出于色欲或者任何功利的目的，只是修养的一部分。事实上也不只是恭维，他的确觉得她此刻非常漂亮。他们离婚后仍然保持着每周末带女儿出去玩的习惯，因此每次见面的时候，她的眼睛都是一秒钟也不能从正在攀岩或者学钢琴的女儿身上移开的，她看上去像一个优秀又焦虑的母亲，而此刻她只是一个女孩，捧着绿茶，咬曲奇的时候有白色的糖霜沾在嘴唇上的那种。

069

她腼腆地笑了。

当然他平日里约会的那些年轻女孩子不会相信，分手时曾经用扭曲的泪容说过许多狠话的人，多年以后也会对着故人腼腆地笑。

"还是常常熬夜吗？"她问。

他知道她指的是从前他总是通宵工作，因为那时候主要做美股。最近两年其实生意都转向国内了，不过他也没有解释，因为今天是有点心虚的，他不想让她知道他今天精神不振，是因为昨夜通宵在王詹姆家参加泳池派对。

所以他沉默着。

当然他平日里约会的那些年轻女孩子不会相信，虽然他们看上去像心平气和的朋友，他的私生活仍然不敢对她明讲。那是他们当年分手的原因，是谁也不敢触碰的伤疤，此刻这洒满干净阳光的棕红色木地板，也曾经在愤怒的争吵声里溅满摔碎的杯子。就算碎片已经打扫干净了，她的怒容、她的泪容、他的愧疚感与窒息感，那些都是真实发生过的。

"就是被王詹姆的事搞得很头痛吧。"他用工作的事搪塞自己的心不在焉，像当年一样。

"但还是要帮一帮吧，这么多年的朋友。"静姝是个善良的女人。

"当然要帮。"他点点头，想到即将要向银行借的一大笔款子，又叹了口气。

"说起来，为什么搞到要被恶意收购这一步才反应过来呢？王詹姆的智商也是我见过的最高的呢。"

"智商也分朝哪儿使。写程序的天才不见得是做生意的天才。"

"那么你帮他把收购的人赶走，还要让他管理公司吗？"

"当然，不然我和那些人有什么区别？这公司是王詹姆的命，就算他现在做得再差，也是他从一张办公桌都没有的时候自己生生做大的。我心态还行，这笔钱扔出去就没打算再拿回来，不当投资，就当是丢了。"

她微笑。他谈到生意的时候她总是这个淡淡微笑的表情，因为她实际上听不懂。她在大学里的研究方向是敦煌壁画上的文字，学历不低，在博士一年级的时候和宋先生结婚。她的专业，宋先生莫说陪着谈一谈，实在是连那些字也一个不认识；而他的工作呢，她也只有边听边点头微笑的份儿，两人对对方精通的领域都完全陌生，因此才生出带有距离感的爱慕。

"熊熊的衣服呢？妈妈，熊熊要穿衣服了。"他们的女儿 Grace 在楼上说。

于是他们俩的眼睛一起亮起来，放下茶杯跑上楼去。Grace 已经长大了，不再是那个每天醒来必哭上一会儿的小宝宝，而是一个五岁的幼儿园大班学生了。他们刚刚走上楼梯，Grace 就蓬着一头自来卷的长发，怀里抱着毛茸茸的小熊布偶，欢快地扑进了爸爸的怀里。

"爸爸爸爸！"她高兴地喊着，被爸爸举过头顶又放下，又举起一次。宋先生把她放在臂弯里掂着，她似乎又重了些，沉甸甸的，散发着新鲜橙子的香味——那是静姝给 Grace 专用的衣物洗涤剂的味道，也是他最熟悉的味道，以至于他平时走过卖橙子水果摊前的时候，常常感觉女儿就在附近似的，心情都会莫名地好起来。

这是他独享的、甜蜜的巴甫洛夫反应。

静姝从阳台的晾衣竿上摘下一件小小的迎风飘着的布衫，穿在小熊身上，可惜两只袖子是一长一短的。

"Grace 手工课的作业。"静姝笑着说。

那布衫做得可是丑得好笑，下摆翘着，扣子也不是直线的一排。

可是宋先生好像看到了出自巴黎门店的高定礼服一样，抱着 Grace 亲了又亲："我最最聪明的小公主，我的天使！"

然后他们带女儿出门吃冰激凌去。静姝比别的母亲开明的一点是她从来不娇惯女儿的肠胃，也不会因为她多吃了两口冰就提心吊胆，Grace 想吃多少就吃多少，其实顶多吃上两个球，她的注意力就被店家送的小玩具吸引过去了；午饭的时候他们吃火锅，Grace 想吃辣椒，他们也给她一碟辣油，辣哭了也不过再喝两口果汁就好。他们不愿意看到她有任何一点不遂心的地方，因为怨憎会、爱别离、求不得，这些人类共有的苦恼将在她成年以后伴随一生，那么就让她的童年随心所欲好了。

下午他们陪 Grace 去击剑馆上课，晚上是钢琴课，把 Grace 送进钢琴老师家后，静姝问宋先生怎么打发剩下的两个小时，宋先生的脸上露出一层愧疚的神色，因为他能从她的表情里读到她是想散一散步什么的。

"实话说吧，"宋先生笑着，"我可不可以回去休息一下？昨天一夜没有睡好。"

"啊！"她好像意识到自己做错了什么事似的，连连地道歉，"我疏忽了，早上你的脸色就不好。对不起。"

他们一起回长乐路的那个公寓。这是默契。因为宋先生晚上要哄女儿睡觉后才能走。静姝走进一楼的客房里去，宋先生听到开柜子的声音，然后是把鹅绒枕头拍松的声音，又用玻璃花瓶接了一大瓶清水进去，那是灌进加湿器里的。她好像训练有素的酒店服务生，而他站在这套自己买下的又生活了将近十年的房子里，也像个客人似的。

他对自己说只眯一下就好，一下下就好，因为两个小时后钢琴老师家的司机会送 Grace 回来，然后她要听爸爸讲故事讲到困倦才肯去睡。这是每个周末的传统了。等她回家的时候他必须是清醒的，不能睡眼惺忪，不能打哈欠，不能昏昏沉沉，不能有一丁点四十岁男人的中年衰相，父亲只能是高大的、可靠的，永远一手执剑一手执盾，站在女儿身后保护着她的。

　　可他还是沉沉地睡过去了，他知道不只是太累了的缘故。他和静姝分开后的几年里他也在这里过过几次夜，都是 Grace 生病的时候，都是在这间客房里，枕头总是拍得很松，加湿器无声地吐着烟雾，于是他也像在云层里一样了，无边的柔软，无限的安全感，那些商场上的尔虞我诈、谈判桌上的虚与委蛇，和泳池边走来走去的白肚子和长腿子都不见了，只剩下这个柔软的、安全的所在，可以给他一段在别处都不会有的香甜睡眠。

　　他再醒过来的时候外面一片安静，时间竟然是九点了，Grace 应该在一个小时之前就回家了。他轻手轻脚地走出客房，廊灯和客厅的落地灯都亮着，明亮又不刺眼，静姝坐在窗前的一把大圈椅上一回头，扔下手里的书站起来。

　　宋先生看到书的封面上还写着"敦煌"什么什么。

　　"看你睡得太香，没有让 Grace 吵你。她睡着了。"

　　"还没给她讲故事。"宋先生不好意思地笑笑，心里有些遗憾。

　　"她已经 5 岁啦，不用再哄睡了。"

　　"是啊。再过几年，连跟咱们俩聊天都嫌烦了。"

　　"还会把自己的卧室门上锁呢。"

　　"还会把小男生送的生日礼物藏起来呢。"

　　他们一人一句地开着玩笑。

宋先生的肚子叫起来。

"我给你做点消夜吧。"静姝朝厨房走去。

"不用不用，这么晚了，洗锅洗碗的又麻烦，我……"宋先生看看窗外，他想说他该走了，回他孤单又阔大的家里，随便看看冰箱里有什么没过期的东西就填两口，可是他又看着相隔一个客厅的前妻，她架着银边的眼镜，这是看书的时候才戴的，这时候显出一点斯文的学生气，好像二十年前他第一次在学校的图书馆里见到她时那样。

于是他笑着说："我叫外卖好不好？"

她也笑着说："好，拐角就有一家，又干净又快，你吃不吃雪菜黄鱼面？"

他也笑着说好。然后她又坐下来看书，他用手机看今天的新闻，窗下有路过的猫"喵"了一声。

她突然抬起头说："敦煌文字学最近有一篇——"

他也从手机屏幕上抬起头笑眯眯地看着她，准备听她讲这门学问的进展。她读完博士后在研究所工作了一年就辞职了，专心在家照顾宋先生的起居，Grace断奶后她又有了自由，去古籍出版社工作了半年，再然后他们陷入了痛苦的吵架、分居、离婚。离婚后她一个人带女儿，不得不再次辞职。到现在为止，她做全职主妇已经快四年了，宋先生当年分了一大半身家到她的名下，再加上每年巨额的赡养费，她永远不必再去做一个研究员或者编辑，她尽可以去社交、购物，像沪上名媛一样买空一个奢侈品门店，成为 instagram 上的名人，但是她没有，她几十年如一日地朴素、安静，时常看看论文，好像一个正在准备答辩的大学生。

静姝的话被门铃声打断了。应该是他们的消夜。

"我来。"宋先生说着走去开门。

门口一个小孩子，带着一身玉兰树斑驳的影子，小孩两只手各提着一个热腾腾的餐盒，脸上露出惊喜的神色：

"是你呀？"

宋先生下了台阶才看清楚，并不是什么小孩，只是因为站在台阶下面而显得矮小，是白天那个一脸懵懂闯进会客室的小师妹，人中短短的，上唇总是娇憨地翘着的那个。

宋先生觉得好笑："你不好好上学，怎么送起外卖来了？"

珠雨田笑呵呵地说："这餐馆是我妈开的，人手不够的时候我就跑跑腿。32 块。"

宋先生数了钱给她："真不错，物美价廉，就在拐角是吗？改天我去店里吃。"

"你既然没吃过，怎么知道物美呢？"珠雨田歪着头，脸上又露出了那娇憨的表情。

"是你送来的，怎么会不美？"宋先生习惯性地赞美着珠雨田，全然忘记了这是在前妻的家门口。他又朝珠雨田脸上看去，只见她眼皮肿着，也不是天然的浮肿，一看就是刚刚哭过。

"怎么哭了，你妈支使你跑腿儿，不高兴了？"

"没有呀。"

"爱哭包，肿眼泡，你今天在开水间见到我是不是想说什么来着？"

"哪有啊！"珠雨田摊开双臂分辩着。

"啊，那就是我想多了？"宋先生还是看着她。

珠雨田转身就走，因为走得太急，一脚从台阶上踏空，差点摔一跤。宋先生提着两个餐盒刚要回去，又见珠雨田在十几米外站住了，她愣了几秒钟，好像积蓄着勇气似的。宋先生站在原地等她。

珠雨田果然跑回来，仰着脸看着宋先生。

"我想知道，明年您还会设立去美国交流的奖学金吗？"

"没有意外的话会的。"

"意外是什么？"

宋先生笑笑，他的意外是公司破产什么的，但是他不可能这么说。

"怎么了，今年没有入选？"

"今年……"珠雨田咬着下嘴唇低下头，盯着水泥地面上的树影，又抬起头来说，"其实考中了半奖，当时我家还付不起剩下那一半的费用，就放弃了资格，然后名额给了另外一个同学。不过今天我家把这笔钱凑齐了，我去找教秘想把名额要回来，但是已经来不及了——我……我还是等明年吧。"

"咳，我以为什么事呢。今年就去，我让教秘再加一个名额就行了。"

"这样可以吗？"

"奖学金是我捐赠的，我是老板，我说可以就可以。"

"真的？"

"真的，不变卦，等一下我就给你们院长打电话。你的电话是多少？等我办妥以后通知你，免得你不放心。"他本来想说"给教秘打电话"，想起教秘便是吴樱蕾，又改了口。

珠雨田在他递过来的手机上按下了一串号码，然后跳着跑远了，连道谢都忘了，他一点也不觉得这是礼貌上的疏忽，而是像她一样高兴地笑了起来。

他回到房间里关上门，笑容还没有从脸上消失，静姝却不在客厅里了。盥洗室传来水声，然后是电动牙刷的嗡嗡声，她走出来的时候，刚才的和婉神色被冷冰冰的表情替代了，她远远地站着，用木头一样的嗓音说："我要休息了，你走吧。"

宋先生愣在原地："面已经送来了。"

"你自己吃吧，吃完带上门。"

"两份呀……"

"另一份倒掉吧。"静姝说完就上楼了。

宋先生一下子明白了。毕竟是十年的夫妻，这点心意相通是有的。

他压低了声音在后面跟着："怎么了，我和女孩说两句话，你又在胡想什么？"

"宋总越来越厉害了，连未成年也不放过？"她在楼梯上转过身来，宋先生差点撞到她。

这句话未免有些刻薄了，再加上她脸上的冷笑，宋先生又气又恼。

"什么未成年，她是大一还是大二的学生来着？至少十八九了吧。"

"那正好啊。"静姝又冷笑，两步上了楼。

"你讲点道理行不行？"他站在楼梯拐角的平台上，心中的火苗腾地蹿到了喉咙口，"别让我受这种没有缘由的冤屈行不行？我们白天在她的学校刚见过一面，刚才见到又是她，觉得很巧才多说了两句，你觉得这有什么问题？再说，我现在是个单身男人，就算有什么问题又怎样？"

静姝居高临下地看着他。

"哦，是我孤陋寡闻了，原来只有单身男人才能随意交女朋友，我是刚刚知道这个道理，难道宋先生也是刚刚知道这个道理吗？"

他一下子萎靡了。在他们结婚的十年时间里，他交过的女朋友手牵手能绕长乐路一周。她们大多数都很乖巧，从来不会打扰他的婚姻，时至今日，他仍然感激她们不太膨胀的野心，和足够压制情欲的智慧，错只在他一人。那天他新结交的女友，一个皮肤白如混血的姑娘过生日，他拖着她的手走进一家位于大厦顶层的餐厅，发觉一个多人的位子上投来许多目光，那是静姝和她的大学室友在聚会，上海这么大，可就是这样巧。

他隔着半个餐厅看着她，雪白的桌布，安静的侍者，散发着琥珀样光泽的酒杯后面，静姝的五官慢慢变得扭曲，而另外的五个女人，他也都是认识的，她们都亲眼见证过二十年前他多么热烈地追求她，此刻她们脸上的神色是惊愕与嘲笑的混合，还有一些幸灾乐祸。

那天静姝平静地问他，她问一句他答一句，他不会撒谎，也耻于撒谎，因此带着高贵的就义般的神情坦白了这几十个女朋友的存在，同时恳求她的原谅。他永远也忘不了泪水如何滚落在那张精通敦煌古文字的秀美的脸上，她如何在一瞬间变成了他完全不认识的样子，她号哭的表情像个没有受过教育的野人，她给他的诅咒是咬牙切齿的恶毒，她把整个客厅的摆设和杯盘摔得粉碎，那姿势像中了毒的野兽。

离婚后有相当长的一段时间，即使在一起陪 Grace 玩的时候，她在他面前也是没有一丝笑容的，又过了一年多，时间慢慢冲淡了那些怒容，他们才恢复到朋友关系。

现在他又萎靡了，紧接着是一阵恐惧，他很害怕，怕她的哭声和诅咒重新回来。

他几乎是仓皇而逃，三两步跑下楼梯，抓起外套和钱包就往外冲。那两盒雪菜肉丝面还放在门口的小桌上，静姝一定会把它们倒进垃圾桶。浪费粮食是可耻的，于是他把这两盒面也带上了，重重地摔上门离开。

夜深了，长乐路上一个人也没有。只有两排斑驳的树影摇摇晃晃。

空驶的出租车有三五辆，经过他的时候按一按喇叭，宋先生摆摆手。

又一阵急促的喇叭，是因为险些撞上他，他才发现自己走得东倒西歪，而且是走在马路中央。好像醉汉一样。

路边蹲着一个人，胡子拉碴的，身上披着一条满是破洞的毛毯。这是个流浪汉，他正把小铜盆里的硬币倒在地上，一枚一枚地专心地数着。

　　"朋友，要不要吃面？还是热的。"宋先生说。

　　流浪汉说："不嫌弃。"

　　于是宋先生也蹲下来，一人一碗，黄鱼煎得很香，雪菜切得很细，汤底清亮，只是面有些坨了。

　　它最好的时光被耽搁了。

　　宋先生把餐盒里的最后一口汤也喝掉了，用袖子抹着嘴巴，蹲着打饱嗝。

　　"回家吧，先生。"流浪汉说。

　　宋先生说："是啊，该回家了。可家他妈的在哪儿啊？"

Chapter Four

金屋藏娇

武康路1768弄，
那里的风光和外面是截然不同的，
暮春时分满眼繁花，
把公馆的石壁都遮住了，
颜色饱满得令人眼痛。

O

1

　　宋先生回到自己的家里，电梯门在一片银光中打开，他出门之前忘记关掉客厅里的灯，这时候也只有灯在等着他回来。他想起给珠雨田的许诺，可是实在没有心情打电话给院长，干脆拖到明天吧——但明天一定会忘记的，这点事又不值得写在便笺纸上记下来。

　　他像一根丢失了灵魂的木头一样在沙发上坐着，旁边的空位似乎还残留着吴樱蕾身上的香味，或者别的什么女孩的味道，他没有办法分辨它们，就像他不能分辨那些女孩眼中迸发的热情是对金钱的爱恋还是对他本人的崇拜，他也不会为了得到答案而试探她们，哪怕一百个女孩中有一个是出于真心，这样的试探也有百分之一的可能成为对她的侮辱，他是个绅士，万万不能做这样的事情，况且他也觉得她们的青春和容貌是配得上美妙的金钱的，因此他对每一位都非常慷慨。

慷慨的宋先生呆坐在沙发上，窗帘敞着，外面是滔滔的黄浦江水。

他还是给院长打了那个电话，交代他白天闯进会客室的那个女孩也要入选交流项目，单独为她增加一个名额。他听到院长在电话那头静默了一下，好像他已经想不起来这个小插曲了。

宋先生发现他还不知道珠雨田的名字。

"就是那个……嗯，脸圆圆的，长得很可爱的。"他只能这么形容。

"珠雨田嘛！"老院长终于想起来了，"没问题，明天就让吴樱蕾去办手续。"

他还许诺过珠雨田，事情办妥后会给她一个回话，这当然是他想留她电话的手段，可是既然说出了就要做到。于是他喝了杯水润润嗓子，努力让自己的声音听起来不那么烦躁。

珠雨田那边却是很乱的样子，一片嘈杂的人声和瓷器碰撞的声音，她似乎是跑着来接电话的，大口地喘着气。她是很高兴的，又笑又道谢，那一点伪饰也没有的笑声让宋先生的心情变好了许多，如果这笔钱能带给一个 18 岁的少女这么多的快乐，那么它花得真的很值。

于是他想多谈几句，让这单纯的快乐再延续一会儿。他不想在刚才的孤独和躁郁中睡去。

"你那边很吵，在忙什么？"

"陈小姐家的派对刚刚结束，保洁把我们家的盘子收回来了，碎了好多，我妈正在跟保洁吵架呢。"

"你妈妈吵架很厉害吗？"他随便问着，其实他也不知道陈小姐是谁，为什么她家的派对用珠雨田家的盘子，保洁又是谁家的保洁。

"哗，"她吓得声音都缩了一下，"保洁阿姨被她骂哭了。"

"你在派对上玩得开心吗？"

"那是陈小姐和她的客人们的派对，我又不是客人。"

"那她是你的朋友咯，为什么不请你呢？"

"因为……我家餐馆只是给她的派对做菜而已……说起来，如果不是前几天陈小姐一次预付了全年的菜钱，我也没办法负担那一半的学费呢。"

原来是这样。

"怎么这个派对要开一年吗？"

"是每个周六都有的——哇，也许你可以来。她从前邀请过我，但我有点怕生。"

　　宋先生毫无防备地笑出声来，仅有的几面之缘里，这个珠雨田同学像个叽叽喳喳的小鸟，又总是手舞足蹈的样子，而在她的自我认知里她竟然是个怕生的孩子。

　　"你和我一起去吧好不好？"

　　怎么可能有人拒绝呢？宋先生当然说"好"，然后他的心情终于如愿快乐起来了，一个小时以前静姝的冷笑和长乐路嗖嗖的冷风都被抛到脑后了。他洗了个澡，胡乱切了一点水果，打开电脑回工作邮件，回了上百封后头便昏昏沉沉了，这时夜也深了，手机里有几个女孩发来的信息，问他在做什么，也有人道晚安，他一一点开看了，但一个也没有回。

2

　　下一个周六的中午，先是有一辆车子停在"小雨天"门口，说找"珠小姐"，朱老板端着三四份炸猪排站在吵吵闹闹的客人中央，扯着嗓子问了好几遍"找谁"，才反应过来"珠小姐"就是她的女儿，于是喊着："她不在家呀！"这个年轻人就走进来，手里抱着一只正方形的很大的纸盒子，放在收银台上说："这是有人送来的东西，珠小姐看到就知道。"然后年轻人走了，朱老板边迎进另一桌客人边想：

"原来是快递啊。"

此时的珠雨田正在和林瑞看电影，是林瑞主动邀请的，事实上也算不得邀请，是他们今天早上在巷子口遇上，他是刚刚打了篮球回来，头上绑着吸汗带，宽大的篮球裤下面露出健美的小腿，她昨天在学校里写作业写到深夜便留在了宿舍，一大早才骑着自行车慢慢悠悠地回来。她一只脚撑在地上，像个高中里的坏男生一样斜着眼看他，表情是又冷又酷的，可是眼圈红了。

林瑞突然觉得很不忍心。这是他的小妹妹，他从小看着她长大的，他甚至连她换第一颗牙时候的惨哭都记得清清楚楚——还是他用冰激凌把她哄好的。怪他糊涂，因为喜欢她天真的笑声和脸上的梨涡，莫名其妙把可爱的小妹妹变成了女朋友，倘若这个女朋友家住得远也罢了，偏偏就在几十米外的弄堂口，其他人想要分手还可以玩消失，他要想消失，除非离开上海。

但他又不能离开上海。

她不该承受这些。林瑞对自己说，因此跑到她身边，拍了拍她圆鼓鼓的脸颊。她立刻笑了。

"……真希望你尽快发现这一切都不值得啊。"林瑞在心里说。

如果他真的把这句话说出口就好了。

但是他说出来的仍然是："我们今天去看电影吧。"

啊，珠雨田快乐地转起圈圈来，连衣裙在她细瘦的腰肢上四散开来，长长的头发扫过林瑞的胸口，林瑞脸上带着讨好的笑，可是他在心里说："我不爱她了，我不爱她了！"

珠雨田像挑选礼物一样挑选电影，她和林瑞坐在电影院门口的台阶上，吸光了一杯奶昔，把购票软件翻了好几遍，她一会儿要看这个，一会儿要看那个，最后指着其中一部说：

"这个好不啦？"

"有这个谁的肯定是烂片啊！"林瑞看了一眼主演的名字，翻了个白眼。

"你怎么能这么说我爱豆！"珠雨田大怒。

"你爱豆就是烂片王还不许人说了？烂片王，正能量王，讲鸡汤王，没刘海会死星人，哪天他把刘海剃了，你都认不出他是你爱豆来。"

"剃了刘海也比你好看，理光头也比你好看，毁容也比你好看！"

"那我给你买张机票，再给你点零花钱，你在东大门边买衣服边等着偶遇你的爱豆吧，你看他穿的这批发市场风，淘宝爆款，东大门时尚 Icon，这高领毛衣，这修身款大衣，这鞋还带内增高的吧？半男不女的，噢，敢情你喜欢阴柔款啊，那咱俩不合适啊，我可是个阳光篮球少年。"

"不用阴阳怪气，我听出来了，你就是嫉妒我爱豆长得帅，吃醋我爱他。"

"脸好大啊珠雨田，人家知道你是谁吗就爱呀爱的。"

"我就是爱他，可惜他是个大明星，不然我就会像爱一个普通人那样爱他。"

"……"

"和他一起上学，互相抄作业，团购打折券去吃很贵的餐厅！钓鱼！打篮球！滑冰！"

"……"

"你说好不好啊？"

"……我觉得抄作业不好。"

"你能抓重点吗？"

"重点就是，他已经是个大明星了，你不能像爱普通人一样爱他了。走吧，我屁股都坐麻了。"林瑞站起来，把一只手伸向珠雨田。

珠雨田抓住他的手："说到大明星，你觉得凌馨怎么样？"

"不认识。"林瑞面无表情地说。

珠雨田想：我只是问你觉得她演技怎么样长得美不美，并没有问认不认识呀。

珠雨田又想：我亲眼看到她从你家里走出来呀。

珠雨田站起来，拍拍屁股上的土，跟在林瑞身后一蹦一跳地走进电影院了，她这个时候在心里想：也许是那天晚上光线不好，我看错了吧。

　　珠雨田和林瑞看完电影后，陈白露家的派对已经快开始了，林瑞让珠雨田一个人回去，因为他还有几个会要开。她的出租车刚到自家门口，就看到一辆黑色的车子停在树荫下，直觉告诉她这是宋先生，让出租车减了速，果然看到半开的车窗里露出宋先生的脸，正仰在椅背上吸着烟，一脸的无聊。珠雨田于是飞快地冲了个凉，湿头发盘在头顶，胡乱穿了件衣服就跑下来，笑嘻嘻地敲宋先生的车窗。

　　宋先生掐了烟下车，说："怎么没有穿我送来的那件？不合适吗？"

　　"啊？"

　　"中午的时候我让司机送了一件连衣裙来。"

　　"哦！"珠雨田恍然，她飞跑上楼的时候确实在收银台上看到了一个系着缎带的盒子。

　　"合适合适，嗯，我想留着重要的日子穿。"

　　宋先生笑笑，珠雨田带着他走进武康路 1768 弄的黑漆铁门，那里的风光和外面是截然不同的，暮春时分满眼繁花，把公馆的石壁都遮住了，颜色饱满得令人眼痛。

　　宋先生说："这些房子我有印象，几年前来看过。"

　　"为什么没有买呢？"

　　"我不太喜欢这种过于幽静的建筑，避世似的，我喜欢融入城市。"

"可是你看，这些花多美呀。我真希望我家周围也有这么多花。"珠雨田轻声说着，边走边用手一路抚过高高矮矮的花丛，柔软的花瓣像羽毛一样扫着她的手心；她又踮起脚去够一棵高大的木棉树垂下来的细枝。

这片幽静到头了，一阵又一阵的喧闹从一个院落中传出，珠雨田拉着宋先生在院子门口停住脚步，这就是陈白露的家了。

宋先生看着那小小的花园和公馆，珠雨田只能看出它是这片公馆区最小的一个，宋先生却能看出它是最精致的一个，那满院子的衣香鬓影，和一路排到弄堂外面的漂亮车子，宋先生心想上海真是很大又卧虎藏龙，他这二十几年也是在女人堆里打滚，怎么排场这样大的一位沪上名媛，他竟然从来没听说过呢？

他猜测的原因是，这位陈小姐并不是个美女，或许年纪也有四五十岁了，从来不在他的视野范围之内。貌陋与迟暮，必然至少占了一个。

"陈小姐有多大年龄？"

"大约二十五六岁吧。"

"她是做什么工作的呢？"

"她是一家游戏公司的美工。"

"开玩笑。"

"真的呀！我去过她的公司，她的工位还没有我的写字桌宽呢。我知道你想说，做美工做多少年才买得起这个房子，那么如果她的愿望就是想做一个没有名字的美工呢？难道因为她是个有钱人家的女儿，就没有这个自由了吗？那也太惨了吧？"

宋先生一面觉得珠雨田在一本正经地胡说八道，一面又觉得好像也有点道理……

隔着院外的木栅栏，一丛榆叶梅摇晃着，唰啦啦的。

花叶后面露出一张雪白的脸，半长的头发扎着，用喷壶给榆叶梅的叶子喷水。

"这就是陈白露小姐。"珠雨田远远地指着她说。

宋先生看着她，花叶一晃，又把她的脸遮住了。

她浇完花走了，客人们在吃着喝着，她与其中两个说了几句什么，大号白铁喷壶还提在手里，袖子高卷着，一身湿淋淋的水珠。她走动的时候，腰肢在宽大的袍子里摇摆着。

宋先生跟在珠雨田身后走进半敞着的大门，他不是珠雨田这样的小孩子，这些豪宅华服都骗不过他的眼睛，他在心里默默下了一个结论：这位陈白露小姐绝不是什么有钱人家的女儿，她眉眼里的哀怨是吃过苦头的样子；她也绝不会以做什么美工为人生理想，多半是一个阔佬的女友或情人，一面去公司上班打发时间，一面被禁止交际，只能在家中开派对排遣寂寞。上海也并没有很大，如果她肯讲自己的男友是谁，说不定宋先生还认识呢，就算不认识，最多也只隔一两层人际网。

　　他急于知道这个人是谁。不是出于八卦心理的好奇，而是这个人假如不是他直接的朋友，他就可以在这位陈小姐身上用些功夫，同时也不用破坏什么江湖道义了。

　　他边这么想着边往里走，因为走得太急，把珠雨田都落在了后面。奇怪的是，他明明看到陈白露穿过院子里的人群走进客厅里去，可是他跟了上去，却发现客厅里空无一人，只有随处可见的各式的灯亮着。宋先生从未见过一户人家里有这么多的灯，似乎这个姑娘格外怕黑，灯光被许多的酒杯折射出无限的层次，满眼都是晶亮亮的。地板是很大的方砖铺成的，走在上面沙沙的，淡奶油色的家具淹没在海一样的植物里，一切都是朴素的、安静的。沿着楼梯的宽台阶上去，二层的客厅比楼下小了一半，被画板填塞得满满当当的，另有高高低低的几个画架和装着颜料的铁皮大盒子，一把大木椅上铺着两三层毯子，上面还有刚刚坐过的痕迹，毯子上也染着颜料，看来主人是个画画时毛手毛脚的姑娘。那些画板足有几百个，拥挤的、无序的，靠近外面的几幅都是风景，青山绿水，花海草原，再拿出挡在里面的几幅来看，仍然是风景，青山绿水，花海草原。

　　楼上的几个房间都关着，大约是卧室和书房，宋先生再想见到陈白露，也没有到去敲人家卧室门的程度，于是轻手轻脚地下楼了。只刚下了两级台阶，就听到身侧关着的门里传来一声尖厉的痛哭：

"你为什么不能从世界上消失！"

"听你的意思，好像我请你进来的一样。你不要哭了，你和我吵了这么久，我连你男朋友是哪一个都想不起来，也许你不信吧，这几十个人，我能叫出名字的连三分之一也没有。"

"胡说，他每个周末都来，你怎么可能不认识！"

"我的大门敞着，谁想来就来，我从来没有往外赶过一个人。你描述的长相我也有一点印象，不过我们确实没有说过一句话。"

"你当我是傻子吗？"

"唉，我也沦落到要对一个哭哭啼啼的女孩车轮一样解释一个问题的地步了，真是讨厌啊。换作从前我也许只会给你一个白眼吧。我这两年脾气好了，所以才有这点耐心，可是也并没有好很多，所以建议你适可而止。"

"从前？不止是个白眼吧，著名的陈白露小姐，恐怕我会被扔到大马路上，被一群来路不明的人打到进医院吧？"

"说笑了，我又不是黑社会。"

"不是黑社会，只是交际花，北京被你玩了个底朝天又跑到上海来，为什么，是在北京的名声实在太坏太坏了吗？放在旧社会，音信不通，你换个城市换个身份就是一个新的人，可现在不是了，

你以为你搬到这儿来就没有人认识你了吗？当年在梦会所来来去
去多少人，哪个不认识陈白露？你又以为外面这些吃着喝着的人
真的不知道你是谁吗？不过是图个免费的消遣，才把你当成聚会
的女主人。没见过你的时候我以为你是个传说，见到你才知道你
真可怜，你守着这么大的房子，且不说钱的来路不明，你敞着大
门，随便谁都能来白吃白喝，你心里是有多孤单啊，你真可怜啊，
我现在相信我男朋友即使来过许多次也不是为了你了，因为你不可
爱，你脸上只有空虚、无聊、空洞，没有人会喜欢这样的脸。传说
中的又凶猛又精灵的样子我根本没有看到，不知道是你把它扔了还
是它根本没有存在过。我不恨你了，我开始同情你了。"

"……好，随你说什么，你不生气了就好，不要哭了，还要不
要纸巾？

"……你有开车吗？不说话就是没有？那我帮你叫一辆车
好了。

"司机师傅，请您停在 1768 弄外面的黑漆大门旁边，要车的
是一个头发很长很卷的女孩。

"车已经在外面了，你回家的路上要小心。哎，我下面还有许
多客人，你走了我才好去招待。"

搬动椅子的声音。

宋先生已经站在楼梯上听得呆住了，这时才想起来走开，但

是来不及了。一个头发很长很卷的女孩慢慢拉开书房的门走出来，她垂着头，好像在边走边拭泪，她绕过宋先生下了楼，宋先生便踮着脚跟在她身后。

"说好了只能在院子和一层玩，不可以上楼。"身后的陈白露说。

宋先生转过身来，见陈白露在书房的门口站着，脸上还有残留的怒容。

宋先生想道歉，说自己第一次来不懂规矩，又心想道过歉后便难再说第二句话，她又急着下楼招待客人，那么今天不又是白来了？干脆走上来，站在那些油画面前笑着说："上来看画。"

"你怎么知道楼上有画？"

"……"

"编呀，我等着。"

"陈白露小姐是个传说，谁不知道陈白露小姐，既然知道，又怎么会不知道你会画画？"宋先生想着刚才长鬈发的女孩说的，随口说了出来。

陈白露脸色一变。

"刚才那个女孩的话，你不要往心里去，世界上的人有这么多这么多，有人是主角，有人是配角，人和人的命运没有平等可言，这是注定的。提起你的名字，外面有多少你的坏传说都不要紧，你知道提起更多人的名字的时候人们会说什么吗？人们说：'那是谁呀？'所以，收起你这忧愁又愤怒的表情吧，名誉就是一阵风，吹过去就吹过去了。"

她笑了。那笑容是夹在怒容中的。

"这位先生，我不知道你是谁，也听不懂你在说什么，不过说到'名誉'二字，我觉得我自己的名誉呢，冰清玉洁。"

她依旧冷笑着，并没有发作，说完就走了，经过宋先生身边的时候还礼貌地点了点头，宋先生对着她的背影大笑：

"冰清玉洁可是一点也不可爱呢，陈小姐！"

她没再回头，衣袖一闪在楼梯的拐角处消失了，于是只剩下宋先生一个人，站在那画布上的青山绿水花海草原里了。

宋先生给王詹姆打了个电话，拜托他通过他奇怪而广大的消息网，打听一个从北京来的名叫陈白露的来历。宋先生快入睡的时候王詹姆又打电话来，语气凝重得很：

"这个姓陈的女孩，千万千万不要接近。"

"你这是什么意思，她是妖怪啊还是鬼啊？"

"这本来是北京最放荡，私生活最糜烂的一个女孩，出名得很，我根本没费什么力气就打听出一堆消息来。而且这个女孩毫无真心可言，她只爱一个'钱'字。你要是中了她的套，就等着脱三层皮吧。"

"哼哼。"

宋先生笑了两声。

"你不信吗？可不止一个人跟我这么说。"

"人太闲了才爱讲别人的八卦。"

"说谁呢，可是你三番五次求着我打听的。"

"没说你。"

宋先生挂了电话，把手枕在脑后看着天花板，他其实无所谓信也无所谓不信，不过如果流言是真的，那就太好了，世界上最难买到的东西是没有标价的东西，只要有价格，再贵也是数学问题。

陈白露家的夜宴结束了，朱老板因为上次打碎了一箱瓷器的原因，这次亲自带着工人来收家伙，站在院子的正中，干脆利落地指挥着。陈白露与朱老板来往不多，但仅有的几次见面也足以让她非常敬重她。一个独身母亲，靠着一家小店，把女儿养得这样活泼可爱，又单纯，又善良，最难得的是毫无贫寒人家的小气，她必是一位非常智慧的女性。

深夜的时候陈白露准备去睡了，又听到房间里有电话铃声，但不是她的手机在响，那铃声是很多年没有听到过的诺基亚彩铃，循着声音一路翻找，在沙发的缝隙里摸出一部老式的诺基亚翻盖手机，她一拿在手里就笑了，明明只是五六年前的机型，却有了古董的感觉——哪位客人会用这么老的手机呢？电话铃声还在响着，她翻开盖子，上面显示着"女儿"。

"妈妈，你来接我。"一个女孩的哭声。

陈白露愣了一会儿才反应过来："珠雨田？"

"妈妈，来星光电影院门口接我。"的确是珠雨田在边哭边说。

"朱老板把手机丢在我家里了，你是打不到车吗？我去接你好吗？"陈白露看看时间，刚好午夜十二点，朱老板应该刚刚睡下，清早还要起床准备早餐，还是不打扰她为好。

电话挂了，不知道珠雨田是同意还是不同意，但陈白露还是抓起车钥匙出门了。夜晚的温度降了下来，湿度却很大，好像一切物事上都蒙着一层水似的，手摸过木头凉椅是一层水渍，花枝扫在脸上也是一层水渍，车玻璃雾蒙蒙的，她打开了雨刷。

雾气越来越大了，路灯的光晕慢慢铺开。在空荡荡的马路上行着，好像安静地在水底游。

星光电影院很远，不知道她为什么深夜穿过半个上海去看电影。

高架上一团火光，车也多了起来，拥堵在这一条车道上。驶近了才发现是一辆车子自燃起来，车主拉着警察，语无伦次地讲着刚才的险境。

远远地有人放烟花，不知道今天是什么日子，不知道在庆祝什么，总之一定是件开心的事吧。

有人开着跑车炸隧道，像一道光冲了出去。

下了高架，见到一只野猫在绿化带里踱着步，这是它的午夜散步吧。

陈白露围着星光电影院转了一圈，楼下的麦当劳里两个大妈在吵架，楼上的电影院已经打烊了，大厅里灯光很暗，只有安全出口的楼梯能通到外面的街道上。

她拨通珠雨田的电话，那铃声在身侧的角落里响起了——一个小小的人蹲在取票机旁边的阴影里。

"回家啦，珠雨田。"

珠雨田抬起头，脸上一点表情也没有。

"等电影散场。"她说。

"这家店，"陈白露抬头看看楼上熄了的灯光，"我记得最后一场营业到十一点半，早就结束了吧。"

"嗯。"珠雨田顺从地点点头，站起来走了，陈白露跟着她走到马路上，她又抬头看着那黑洞洞的楼梯。

人声突然多了起来，有许多人在楼上的大厅里说说笑笑，又有人下楼，一步，两步，有人讲中文，还有人讲韩语，虽然听不懂，不过气氛很欢乐的样子。

先走出来的是一个小个子的秃头男，笑眯眯的，提着公文包，身后的人讲一句韩语，他便讲一句中文。这是个翻译员先生。

第二个走出来的人，陈白露有点眼熟，似乎是个韩国演员，但是她不认得，只觉得这人刘海好厚，且这样湿热的天气，竟然还穿着高领衫。

第三个走出来的陈白露便认识了，这是著名的凌馨，连冷淡如白露，也在心里惊呼了一声，她实在没有心理准备在这样的场合遇到有名的演员。况且她真人比荧幕上还要美。

凌馨身后还跟着一个人，他们是手牵着手的，那个人一边说笑着一边走出来——

"林瑞？"陈白露一惊。

他们的手像听到命令或者触了电一样迅速分开，凌馨有点惊恐地看着白露。

陈白露冷笑："别害怕，我又不是记者。"

胖胖的影院经理和几个做宣传的员工也跑出来，推着凌馨往路边等候的车子里塞："快走，快走。"又转身对陈白露和珠雨田说："谈工作而已，请问二位是哪家媒体的？"

林瑞对珠雨田说："你别怪我不和你解释，这里面有很多事，你还是个小孩，你不能理解。"

"我确实是个孩子，你说得对。可是如果大人的世界是这样的，那我宁愿不要长大。"

凌馨漂亮的脸上闪过一丝不安，她看看珠雨田，又看看林瑞。

"林瑞，你告诉我，这个女孩是……"

林瑞只是茫然地看着空气。

"是一个不相干的人。"陈白露说，然后她拉起珠雨田的手，迈着很大的步子穿过了马路。

3

那天见到陈白露之后，宋先生发现关于如何把这个美貌的女孩搞到手，他并没有什么能让自己眼前一亮的主意。他边对着镜子刮着胡子，看着自己黑堂堂的脸色，他还是那么精神，一脸虎相，肩膀上的肌肉也结结实实的。这样黑的脸膛和这样棒的身板总是能让他高兴起来，因为同样在四十岁高龄，他没有同龄人们的发福和懒怠之相。

宋先生边吃着早餐边想他如何能在日常的场合接触到陈白露，想来想去只有再请珠雨田带她去陈家的聚会一次，可是他打电话给雨田，她说自己已经去北京实习了，为期半年。她走得这样匆忙，宋先生不知道发生了什么，只能祝她在北京一切顺利。

之后的一周里，他的生活被车轮战一样的会议填满了，中间还去广州出了一次差，他在广州遇到了十多年前在投行工作时的老同事，那人已经完全融入了当地生活，穿着底都磨薄了的拖鞋在路边吃肠粉，宋先生觉得很可乐，因为伊当年可是三十七八度的盛夏也要穿全套的西装做华尔街精英状的。

两人笑着谈了一会儿往事，说起另一位老朋友，当年辞职后来广州开制鞋工厂，现在举家带着工厂搬迁到越南了，因为这里的人力成本越来越高昂；又说起另一位前上司，在股市里折得倾家荡产而跳楼。

宋先生想起一路上看到的冷清的工厂区，完全不是他想象中制造业圣地的样子；许多店铺都关了，似乎永远不会再开；更多的厂房上挂着转让的牌子，是一片萧条的景象；城区里老人越来越多，年轻人却并没有增加很多。经济和人口的衰退是珠雨田和陈白露们所不了解的，然而了解的人也无力救世。两人感叹了一会儿，老同事说老婆还在街对面的医院里等着生第四胎，遂穿好拖鞋付了账，开着卡宴走了。宋先生想也许唯一的解决之道是大家都多多地生孩子吧，年轻人多了一切都会迎刃而解，这么一想，老同事这位生了四胎的老婆算得上民族英雄。

从广州回上海的飞机上，宋先生饱睡了一觉，还未落地上海，他就想到了一个单独和陈白露相处的机会。

　　他回到上海的第一件事是去找了 DC——陈白露供职的那家游戏公司——的老板，他是一个精明的小个子，智商过人，但性格散漫，因此 DC 在他手里十来年有好几次都差点倒闭。宋先生找到他的时候，他正在 DC 楼下的健身房里举铁，淌着汗看到墙壁上的大镜子里，宋先生笑眯眯地走过来。

　　"嘿！"宋先生挥拳砸向他胳子上的肌肉。

　　"咦，大老板怎么也来我们这小破健身房呢？"

　　"给你送生意要不要？"宋先生转身打着一个沙袋，"嚯！真是老了，震得我胳膊生疼！"

　　"您这登门拜访都难见一面的真神，怎么上门送生意，我听着跟做梦似的。"CEO 笑着说，用一条毛巾抹着脸上的汗。

　　"我最近没少看游戏公司，看来看去，"宋先生把胳膊搭在他肩膀上往外走，好像两个情谊很深的铁哥们儿，"不是草台班子，就是大忽悠，没一个可靠的。还得数你这种奋斗多年的老兵靠谱。"

　　宋先生搭着 CEO 的肩膀进了电梯，见到几个扎着双马尾，身穿 lolita 洋装的女孩和老板打招呼。宋先生问，你怎么还招童工哪？CEO 说，她们都是孩儿的妈了，游戏公司的特色嘛，员工只要不裸奔来上班，穿什么都不奇怪，尤其这几个是美术部的，那可是二次元文化的大本营。

宋先生又问美术部有一个姓陈的，叫陈白露，平时工作认真不认真，什么性格脾气？CEO想了想，说："一个部门三四十个人呢，我哪能都认识？怎么，这是你朋友吗？"

"……我就是随便一问。这是我一个朋友的孩子，在家挺淘气的，不知道在公司表现怎么样。"

这会儿是午饭时候，公司里的工位空了一多半，还有人趴在桌子上睡得口水都流下来了。宋先生边跟在CEO身后往里走边四下看着，他的目光从一张又一张年轻的面孔上掠过，他在找那张明艳的、有着咄咄逼人的吊梢眼的脸。

似乎没有。也许她出去吃午饭了吧。宋先生有点失望地想。他将要走进CEO的办公室之前的一秒钟，视线在刚刚扫过的一个女孩脸上多停留了一秒——那就是陈白露，真奇怪他第一眼竟然没有认出她来。

她坐在角落里的工位上，把多半个侧脸对着他。她戴着厚厚的近视眼镜，头发用一只白色的鹤嘴夹别在耳后，手里翻着一本画册，好像课间休息的女学生。

宋先生隔着一排工位看着她脂粉不施的脸，她的额头还是那么光洁，唇线还是那么分明，那本画册可能很有趣，她边看边笑，还对旁边的同事说了句什么，然后她端着杯子起身走向茶水间，一抬头看到宋先生。

　　她眼睛里的惊愕让宋先生笑得很开心。他没解释，也没理她，走进 CEO 的办公室关上了门。

　　他们闲扯了一些游戏业和互联网的现状、投资和最近跌得很惨的大盘等等，这座写字楼里还有几家公司，CEO 也都与他们相熟，宋先生谈得高兴，又仿佛嫌两个人聊天不够尽兴，挨个儿打电话把他们都招了来。

　　这个不大的办公室里立刻变得烟雾缭绕，每个人都一支接一支地吸着烟，烟灰缸里也架着不知道谁的半支烟，倘若有人隔着玻璃向里面看去，会以为自己在观赏什么雾气蒙蒙的山景。楼上一家公司的老大是个大嗓门的家伙，他几次摩拳擦掌地要去参加王詹姆的泳池派对，却每次都被火眼金睛的老婆扣在家中陪她看韩剧，他坐着一把比别人都矮一些的椅子，仰着头，上身向前倾着听宋先生讲那天有多少女孩在场，好像小孩子用崇拜的目光盯着包装精美的糖。CEO 有点摸不着头脑，不知道他是认真来谈入股，还是偶尔经过健身房的时候见到他才上来蹭杯茶喝。

　　大约过了一两个小时，盛夏三四点钟的太阳铺满了整个办公室的地板，两人把八百年的牛都吹完了，宋先生打着哈欠看看表，站起来说："我半小时以后还有个会。咱俩下回再聊吧，改天你挑个地方，我请你好好地喝两杯。"

　　他一边往外走着，一边好像突然想起什么来了似的说："我那个大侄女，美术部的陈白露，她今天能不能提前下班？我请她喝个下午茶。她爸妈交代我很久了好好照顾她，可我忙得一点儿时间都没有。"

CEO 心想：你他妈不是半小时以后有个会吗？

他笑笑说："当然可以，大老板看中哪个就带走。"

宋先生觉得他话里有刺，也笑笑假装听不出，走到陈白露工位旁边，弯下腰叫了一声："陈小姐。"

陈白露正在画板上描一只大耳朵的狗。

"别画啦，你们家张总放你半天假，跟我出去喝杯茶。"宋先生笑眯眯地看着她。

她站起来看着隔着半个办公区的 CEO，一脸茫然。

CEO 这时才第一次注意到这个姓陈的美工，其实平时也打过照面，但是没有留下特别的印象，在美术部几十个个性和打扮都出众的女生里，她又算得上最没有特色的一个，总是穿得单调又朴素的，戴着大眼镜低头描线，话不多但也不是特别沉默，工作算得上认真但也称不上劳模，她这么普通，连美貌也是平淡的毫无野心的美。

可能真是朋友的女儿？ CEO 又觉得他刚才想多了。

"下班吧小陈。"CEO 说，"跟你叔叔出去逛逛。"

宋先生替陈白露拿起扔在地上的大手袋，笑眯眯地让出通道里的路。

"叔叔？你攀起亲戚来也是不客气。"下沉的电梯里，陈白露冷笑着说。

"不这么说，怎么把你从那儿捞出来。"

"捞出来？说得好像我在蹲监狱似的。"

"坐在那个小格子间里，画什么花呀草呀猫呀狗呀画一天，比监狱也强不到哪儿去。工资还没有给你剪草皮的工人高吧？"

"庸俗。"

"什么？"

"我说你庸俗。我乐意坐在格子间里画花花草草猫猫狗狗，你管我工资呢。"陈白露说着走进地下车库。

"我请你吃饭吧。"宋先生按住她开车门的手，"向你道歉，那天没经你同意就上楼，非常不礼貌。"

"那天你确实不礼貌，我也确实生气，但是也用不着请客这种方式来道歉，你有话还是直说吧。"

"好。"宋先生笑着说，"我从看到你的第一眼就非常喜欢你。非常喜欢，这几天，我工作、出差、吃饭睡觉，脑子里都是你的脸。因为上次已经惹得你不开心，我不敢再唐突地去参加你的聚会，只能用这种办法再见你一面。如果说我爱慕你的人格，那是虚伪的恭维，因为我对你的人格确实毫无了解，诚实地说吧，陈小姐，我是为你的美貌着迷，无论你是声名狼藉还是冰清玉洁。"他说着帮陈白露打开车门。

陈白露却没有进去，问："那天是哪位朋友带你去的我家的聚会呢？"

"是珠雨田。"

陈白露点点头，钻进车子开走了。

4

之后的十余天，宋先生没有陈白露的消息，他也没有再去 DC 假扮"叔叔"找过她，整个六月，有人跳楼，有人崩溃，无人有心谈情说爱，因为股市崩成了齑粉状，像一场陨石降落般的灾难，毫无征兆，无处可逃。所有被卷入灾难的人都需要很长的时间来恢复元气，他们有时候也好奇或者哀怨：这么多人输掉的这么多钱总要有个去处，就算一片大海蒸发干净也会变成云层，那么这些钱流到哪里去了呢？

——多数人的钱自然是流到少数人那里去了。宋先生是其中之一。如果人们不是太健忘的话，应该仍然能记起那个炎热的夏季，在商场、写字楼、咖啡厅、地铁甚至校园里是一片哀鸿遍野，而宋先生快乐极了。

这快乐使他怀疑人生的意义到此结束，似乎并没有什么更多的东西值得追求了。

有一天他和王詹姆的几个朋友一起在夜总会喝了两杯，每个人都叫了几个非常年轻的姑娘，临走的时候一个女孩一定要和宋先生回家，他没有同意，天色还黑，但他知道快要亮了，司机在楼下等了一夜，趴在方向盘上睡着了。他喊醒司机，又问车里有没有水。

司机小郑来宋先生的公司两年多了，是一个身材壮实的小伙子，据说还是跆拳道高手，据宋先生的秘书说之所以招他做司机，是因为紧急情况下还可以当半个保镖来用。宋先生笑话秘书过度谨慎了，他所处的江湖，想搞垮一个人是不会使用直面的人身威胁的，他们有更高明、更隐蔽的办法，何况假如真的有人身威胁，就是请令狐冲来做保镖也没有用。小郑沉默寡言，开车很稳，是一个能打满分的司机，宋先生对他非常满意。

小郑"嗯"了一声就跑去马路边的便利店买水，宋先生仰在后座上，看着外面阑珊的夜色。早点摊已经出街了，洒水车放着单调的音乐慢慢行进着，这是城市底层的重复的卑微的劳作。

"你工资多少钱？"宋先生仰在后座上突然问。

"十五万。"

"月薪还是年薪？"

"当然是年薪，老板。"

"只有这么多？别的呢？奖金呢？"

"开年有两千块的红包。还有社保什么的。"

"社保！"宋先生呵呵地笑起来，又像冷笑又像嘲笑，"那个美好的时代已经过去了，不对，我们从来就没有过那个时代，有保障的，有底线的，有安全感的，没有，什么也没有。年轻人，如果你想过有尊严的生活，你只能尽早成为有钱人，越早越好，越多越好，除此之外没有别的出路。如果你以为穿着便宜的西装，找一个体面的大公司递简历，兢兢业业，一路做到退休，去养老院里等着小学生们系着红领巾来唱歌洗脚，如果你有这样的想法，那真是太可悲了，活着就像站在天台上往下跳，有人告诉你下面有气垫托着，有安全网挡着，可你真的自由落体以后会发现什么也没有，小郑，那些都是梦幻泡影，只有账户里的钱是真的，我指的是很多钱。"

小郑沉默着。

"喂，你记着，写在你的笔记本上——"

"老板您说，我记着。"小郑说着，又在后视镜里看到宋先生朝他摆摆手，他是在对着电话说："明天把小郑的工资涨上一倍，不要忘记了。不止小郑，还有别的同事，所有人，包括你，他妈的我没有跟你开玩笑，我们今年赚了这么多钱，打开你的窗子看看外面吧，外面的人亏掉了多少钱我们就赚到了多少，我要让跟着我的弟兄都过有尊严的生活。"

他挂掉了电话，对着小郑抬抬下巴："交代给曼迪了。换个好点的公寓，或者给父母多寄一点钱。"

曼迪是宋先生的秘书，是一个三十多岁的单身女生，她不停地谈恋爱，但恪守不婚主义。宋先生说她不结婚便是男人们的幸运了，因为她脾气非常火暴，宋先生惹她不开心她也照骂不误，除了脾气，她还事无巨细到了强迫症的地步，宋先生请了这样一个秘书，好像雇了自己的亲妈一样。

宋先生离不开曼迪。因为她的工作能力是全公司最优秀的，而且心地非常善良。

宋先生待曼迪如家人，事实上他待所有的员工都如家人，包括入职时间不久的小郑。他希望他的家人们都过着最好的生活，就像他和静姝分手以后执意分给她大部分财产一样。他付给员工的薪水本来就比行业里的平均水平高上很多，现在他决定再翻一倍。

"谢谢老板。"小郑木讷地说。

"我像你这么大的时候比你穷得多，在一个不景气的投行，不管怎么节约开支，每个月都会把钱花光。那时候身边还有女朋友，她还在读书，读一个根本不可能赚到钱的专业，你可能都没有听说过，敦煌文字学，哈哈哈！我那时候就知道，不，是坚信，从未怀疑过，就是我将来会成为富人，我会用比别人敏锐一百倍的神经去分辨人生里出现的岔路，一般人难以察觉的机会，我会察觉到，当我可以选择贫穷或者富有的时候，我会用一百倍坚定的意志选择富有，不管眼下要放弃什么。

"你要记住，金钱是世界上最美好的东西，不要相信那些不怀好意的人向年轻人灌输什么'金钱使人堕落'，或者'富人也并不幸福'，尤其是后者，的确，成为富人以后烦恼仍然很多，从数量上计算并没有比贫穷的时候少，但是烦恼的名目是不一样的，去为支付巨额的保养游艇的费用而发愁吧，不要为付不起心脏病手术的账单而发愁。钱可以买到所有的东西，让你的家人、朋友、同事、员工都过上好的生活，获得他们的尊敬；还可以做慈善、捐助教育什么的，设立奖学金或者捐建教学楼；如果你喜欢某种生活在南美丛林里快要灭绝的瓢虫，你甚至可以用钱来拯救它们，捐给科学家，或者干脆建一个只有这种瓢虫的动物园都行。钱是万能的。"

小郑一路沉默着。

车停在宋先生家楼下的时候，小郑递给他一个大号的纸袋，说是下班之前寄到公司里来的，曼迪不知道里面是不是重要的文件，让他带到车里来。宋先生接了文件上楼去，他醉得并不是很深，但走路跌跌撞撞的，走出电梯的时候他在心里难过地想：真的是有年龄了，不管他的个子多么高大，肌肉多么硬棒，头脑多么敏捷，但身体的机能是毫无疑问在下降了。

金钱是美好的，可是它买不回时间，他看到自己在用肉眼可见的速度衰老。

他走到落地窗前，把窗帘全部拉开，黄浦江的夜景便全在眼前了。天已经微微亮了，江水平静地泛着青色，江对面的大厦外墙便是巨大的屏幕，反反复复地放着一个不知道什么品牌的广告，那广告画面倏忽变幻，他看得有点头晕，终于，画面静止了，广告词慢慢打出来：

"世界是你。"

对，醉意中的宋先生突然振奋了。无论贫穷或富有，所有人都是以肉眼可见的速度衰老的，既然时间对所有人都是公平的，那么他只有在时间以外的地方尽量做到不公平。世人也不必悲哀抱怨，世界本来就是不公平的，世界是我的。

他边这么想着，边得意地倒在沙发上。

手里的文件袋掉在了地板上，他捡起来撕开封口，里面是一张请帖，不是婚宴也不是谁的满月宴，因为它是淡绿色的，小小的一张，像是小孩子的游戏。他睁着醉眼打开一看，里面一排手写的小楷：

六月二十七日家宴有新茶新花

陈白露

6月27日便是三天以后，这三天他只吃了水煮青菜，新理了头发，还去小区里的网球场打了几场网球。这些临时抱佛脚也许有一些作用，似乎真的瘦了一点点。可是这点外表上的莫须有的进步并没有给宋先生增添太多的自信，他知道自己的长相和陈白露家宴上出入的那些漂亮男孩绝无可比性，他有的只是钱，可钱在这些漂亮的场合有什么用呢，又不能当场撒美元。

他站在网球场边咕嘟咕嘟地灌着水，那些水立刻变成瀑布一样的汗从身体里涌出来。

他想起自己的大学时代，论经济水平是穷学生一个，连在食堂点一份猪头肉都算打牙祭，论长相也没有比现在的自己强到哪里去，现在是中年的凶恶，那么当时便是年轻的凶恶，可是这样一个又贫穷又和帅气丝毫不沾边的男学生，女友多得根本记不清有多少个。

那时候学校里的女孩们多么喜欢他啊，他的智商那么高，讲话那么幽默，性格那么乐观，总是勇敢又自信地笑着——哪个女孩不喜欢勇敢又自信的男生呢，上下五千年，东方文化或者西方文化，根本没有人可以抵抗这样的魅力啊。

"越活越回去了呀，老宋。"宋先生边灌着水边在心里嘲笑着自己。二十年前一无所有的时候见到校花，一秒钟都没有多想地跑去搭讪，二十年后他事业这样成功，见到一个——哼，他觉得陈白露还不如当年的校花静姝漂亮呢，却这样瞻前顾后起来。

去她的吧，什么陈白露小姐，什么新茶与新花，他曾经拥有并且仍然拥有着那么多黄金女郎，他可不是什么见到一个长得不错的小姐就百般奉承的傻小子。到了那个周六的下午，他穿着一件灰扑扑的 T 恤和牛仔裤，胡子也没刮就出门了。

他出发的时间很早，连黄昏也算不上，因为他见过陈白露家宴的盛况，尤其那排车队要在武康路上排出多长的队伍，他决不允许自己的漂亮车子停放在路口，在闷热得能挤出水来的傍晚下车，走上几百米才能走到陈白露家门口那样。

他是第一个来到陈白露家的。车子就停在门外缠满藤蔓的树下。

院门虚掩着，他隔着一尺多宽的门缝朝里看去，花与叶都静止着，一丝声音也没有。他推门进去，门也是安静的，石子路湿漉漉的，低洼的地方一闪一闪的，是未蒸发干净的小水洼，草坪刚刚剪过，满地细碎的新绿，杯子和插花都摆好了，在一个十余米长的白色餐桌上整齐地等待着客人。他站在石子小径上抬头看，楼上的窗子都关着，并没有一个人探出头来让他止步，面前的房门是紧闭的，落地窗却敞开着，白色的纱幔安静地垂着。

他拨开纱幔走进客厅，陈白露不在。这个华贵的城堡像一座空城。她也许去弄堂口的店里买什么东西去了，也许在后园修理树木，也许去公司加班而忘记了锁门，无论她在哪儿，宋先生这时候都应该坐在楼下的客厅里等着，更好的办法是去院子里等着，当然如果能从院子里滚出去再好不过，但他今天非常不想做什么绅士，他也不认为她在弄堂口、在后院，或者在什么公司之类的地方，他觉得她就在这所房子里，没有原因，只是直觉。

于是他走上楼去了。

楼上那些丛林一样的油画还在原地立着，不同的是画架上新添了一幅画了一半的，只起了稿子，深深浅浅的一片绿色，他歪着头看了一会儿，看不出是什么。

书房与卧室的门都虚掩着，安静的，好像整个房子都睡熟了。他没有一丝犹豫地推开了卧室的门，他是谁的卧室都敢推门而入的。

119

陈白露睡在那儿，像睡在一片森林里似的，因为这宽大的卧室里至少有一半的空间给那堆山塞海的植物占去了，那张床也是过于宽大的，四面都围着厚厚的白色的硬缎，她陷在其中，越发显得微小。她身上一床亚麻色的线毯齐腰盖着，露出有高领和长袖子的睡袍，还有一截雪白的手腕。她面朝着窗子，把一头半长的黑发对着宋先生。她睡得那么熟，以至于有人推门而入都没有发觉。

宋先生坐在床边，伸手去摸她的头发。她还没有醒。

他叹了一口气……

他也不知道自己为什么叹气。也许是因为这安静的睡姿、田园似的房间、如水一样流过的长发，都令他感到陌生了。

她醒了。先是觉察到有人在身后，肩膀剧烈地颤抖了一下。

糟糕，她要被吓坏了。

"是我。"宋先生赶忙说，但是他还坐在床边，没有站起来。

她在枕上转过身来，下意识地拉起盖在腰间的毯子，一双睡眼半睁着，愕然地盯着他看。

"你的大门没有关。"

"啊……"她低声惊呼着，看向有纱幔遮着的窗口，外面只有白蒙蒙的一片。

"我叮嘱了园丁走的时候把门关上。"她说。

他把她散在脸上的额发向一侧拨去，她又说："你先出去，让我起来——现在什么时间了？天快黑了吗？客人们要到了吧？"

"听着，"他说，"我很快就走。小朋友们的聚会，我玩不动了，但是我很想见到你，所以还是来了。你想见到我吗？"

"……"

"你想见到我吗？"

120

"那张请帖是我亲手写的。"

"我最近会很忙，会去很多地方，我现在只希望快点把工作做完，能够从容地请你喝下午茶，向你介绍我是谁。"

"我知道你是谁。我问过珠雨田了。所以请帖才会寄到你的公司里去。"

"我猜到了，不，不是职业或者头衔，是名片以外的我是谁，老实说，作为一个商人我挺无趣的，可是在这个身份之外，说不定你会喜欢我。"

"……你要去哪里呢？"

"瑞士。"

"这个季节的雪场不是很好。"

"除了银行和雪山，瑞士还有很美的湖泊、城堡和丛林，还有巧克力，煮得冒着香气的奶酪火锅，镶着满钻的手表，无主之国，人间天堂，你应该在那儿。"

"还有没有人知道数量的金条，秘密的账户，完美地绕开法律的洗钱。"

宋先生看着她笑。

几声汽笛声远远地传来，打破这安静的黄昏时分。汽笛声越来越近，连人声也听得到了，空气仿佛瞬间流动起来，安静地垂着的白色纱幔也飘动了，陈白露坐起身来，用手指理着乱发："有参加聚会的人来了，天哪，我不能穿着睡衣下去，宋先生，你请便吧，我——"

他按住她的肩头："他们发现你不在，也会自己找乐子的。院子里的冰桶里冰着那么多香槟。"

"我一定要现在回答吗？"

"陈白露小姐不应该是一个优柔寡断的人。"

她低下头笑了，好像他在讲一个很好笑的笑话一样，然后她掀开毯子跳到地板上来，推开镶嵌在墙壁上的一扇门——宋先生本以为那只是一个画框之类的装饰——大片的明亮的暖色光线从里面透出来，那是一个比卧室还要大上许多的衣帽间，她再走出来的时候已经换了件有宽大袖口的白衬衫和浅蓝色的短裤，露着两条白而修长的腿。她靠在有累累果实垂下来的花架上边扎头发边说：

"那么我要提前用掉我的年假了——原本计划冬天时再用。"

"年假！"宋先生大笑起来，"说得你这美工当得跟真的似的。"

"不是真的，难道是过家家吗？"

"如果不是亲眼见过你在公司的样子，别说过家家，我会觉得你在编故事。你到底为什么去上班？千万别告诉我你有多享受做一个描线工。"

"做事要认真。"

"嗯？"

"时间怎样都会过去，认真着过，虚度着过，都是一样的，所以要认真地把时间用掉，认真地做事。如果做一个交际花，那么就认真地去做交际花；如果做一个美工，那么就认真地去做美工，上班下班，打卡订餐，贴发票、请年假。"

"……"

"我说得不对吗？"

"为什么是美工呢？"

陈白露笑着指着门外的画室："我只有这门手艺。"

"那么为什么不去认真地做一个艺术家？或者以你的财力，完全可以开一家自己的画廊。"

"因为……"她看看窗外攒动的人影，天色已经暗了，客人们已经挤满了院子，如果静下来仔细听，还能听到开香槟的"砰"的一声。

"因为我想消失。"她走到窗前，把纱幔掀起一个角来看着下面小声地说，"因为我没有她们传说的那样坚不可摧，永远斗志昂扬，我不是。宋先生，我们相识得很不是时候，如果早上两年，我会用很短的时间了解到你喜欢的女孩的样子，然后我会变成这类女孩的样子，我会让你享受到无比甜蜜的恋爱的感觉，然后用你想象不到的办法从你身上弄到一大笔钱。是啦，也许你会心疼这笔损失，不过时间过去得越久，你就越会忘记金钱上的损失，而怀念恋爱时的美好。可惜我已经把那一页翻过去了，而且不会再翻回来，我不会迎合你、取悦你、假装和你在一起便很开心，我知道你的身份，自然也知道你是一个很有钱的人，可是我对它们也毫无兴趣。真是难过，让你看到这样一个平庸又无聊的陈白露，这些年我很累，只想在这儿歇脚，不想往前走了。我愿意陪你去瑞士，就当我们是情投意合的旅伴吧，真抱歉把这些话用这样不诗意的语言讲明白，但我确实不希望你因此对我们的关系有什么误会呢。"

"你很厉害。"宋先生笑着站起来，拍拍陈白露的肩膀，像和相契很久的兄弟打招呼那样，"股市崩盘的这一个月差不多是我最得意的一个月，我赚到的钱多得让我有了错觉，以为可以买到我喜欢的任何东西，但你让我清醒了一点点，至少我买不到一个只想在这里歇脚，不想往前走的人。"

宋先生边走下楼边回味着陈白露刚才的表情，他想要判断她有多大的可能陪他去瑞士，如果足够坚定，那么他就可以放心了，如果她还在犹豫，那么也许还要费一些心思来说服她。

通过某些小道消息，再加上他敏锐的直觉，他猜测一定有许多眼睛在盯着他的每一笔交易，试图在里面找出能够给他定罪的证据。他也怀疑过自己有些被害妄想，不过又觉得谨慎些总是没有错的，毕竟瑞士又是这样敏感的一个地方，他不想独自前去，如果带上这样一个年轻美丽的小姐同行，那么看上去就像一个单纯的度假之旅了。

Chapter Five

苹苹白露，
东走西顾

干净的日内瓦湖，好像一面镜子。

她在照时间的镜子。

时间无论怎样都会用同样的速度经过，

认真地或者虚掷地。

O

1

　　七月的日内瓦湖是一片苍茫，清晨时候，水汽在湖边的松柏和棕榈树之间流动着，远看是深深浅浅的翠色。那水汽在湖中央最盛，穿过树林，一直绕到远处的山峰上去。那些山峰有极干净的岩石，上面的青苔也是一尘不染的，山不算高，靠近山顶的地方堆着雪，再往上是白色的天空，那雪与天的界限也是不十分明显的。

　　那长满植物的湖岸画着柔和的弧线一直向远处延伸着，其中有一段向湖心的方向弯曲，形成一个类似半岛模样的凸起，走近以后才发现那片地域是很大的，上面陈列着几座有三百多年历史的石堡，按照陈白露对植物的喜爱，宋先生租下了种植着成片的松柏的一座，那松柏的味道顺着湖面上吹来的湿润的风，一直吹到敞着窗子的房间里去。

陈白露站在窗前看着远处苍茫的翠色，太阳渐渐升了起来，翠色上又蒙了一层橘红。湖面上多了几只帆船，雪白的帆在湖面上闪着银色的光。陈白露高兴起来，她曾经上过几十个小时的帆船课，虽然技术不好，但胆子很大，有风浪的海面尚且不怕，何况湖面这样平静。只是不知道这里有没有帆船可租。她跑下楼去，这座石堡因为年头太久，台阶翻修过几次，还散发着新木的味道。宋先生的房间在楼下靠近门口的位置，她刚刚想要敲门，想起他应该在倒时差，还是不要打扰他休息为好，外面天色明亮得晃眼，她一路跑了出去。

从石堡走到湖边要穿过一块用巨大的石条铺就的小广场模样的空地，地面坑坑洼洼的，是千百年来的雨水腐蚀和车辙痕迹，还有散落的碎石，不时地硌着她薄薄的鞋底，又酸又疼。她一跳一跳地跑到湖边，那几个玩帆船的少年趁着一阵风浪起来，在眼前划过一道弧线。

少年们舒展的肌肉……蓬松的金发……似乎胳膊上也布满了浓密的绒毛，在阳光下清晰可见。

无人不爱年轻美好的肉体。那是超越情欲的热爱，上升至纯粹的美感，也无关种族与性别，甚至可以凌驾于时空之上而永驻，像爱洁净的食物和水一样地热爱，像古希腊雕塑一样赤裸地赞美。

"如果我有许多钱又不再年轻，我也愿意把别人的青春买下来，因为青春太美了，遍寻世间宝物，只有金钱能与之相配。"陈白露抱膝坐在湖边，在心里戚戚地想。

干净的日内瓦湖，好像一面镜子。她在照时间的镜子。

时间无论怎样都会用同样的速度经过，认真地或者虚掷地。

她看着湖上的少年，推测他们的年龄，他们未必比她年轻，因为她的年龄也仍然是很轻的，既然是同龄人，为什么他们在舒展着肌肉，而她戚戚地坐在湖边呢？在这样年轻的时候，她应该和这样的金童一场接一场地恋爱——可她把青春都用到哪里去了？

干净的日内瓦湖，好像一面镜子。她照着时间的镜子，心里有一点恨长出来，恨的是无法抛掷的过去和封死了的未来，恨金宝街和武康路，恨每一个违心的微笑与装扮的伶俐，恨她在最好的年华是不快乐的。

一滴又一滴眼泪落在长满青苔的石子上。

"在最好的年华是不快乐的。"这句话像着了魔一样在心里滚动着，渐渐地那滚动也有了声音，是车轮般的连续，雷声一样的

131

轰鸣，压过了面前的水声和头顶经过的一只水鸟的鸣叫。在最好的年华是不快乐的，这是世界上排第三名悲伤的事，第二名是疾病，第一名是饥饿。

有人从身后走近了，是沉重的男人脚步，陈白露想着是宋先生一觉醒来发现她不见了才出来寻她，忙用袖子抹着脸，待起身来看，却不是宋先生，而是一张陌生的东方面孔。那人年纪看不出多大，怀中抱着一大瓶红酒，敞开的衬衫领子里露出晒成蜜色的皮肤。他们站在湖边对视了一会儿，谁也不能确定对方是否是同胞，陈白露先笑了，她和人对视总是会发笑。

那人也笑了，一口南方口音的普通话："小姐来度假吗？"

陈白露点点头，又撇下他朝着湖里走去。岸边的水又清又浅，冰凉地拍打着她的脚踝……

她又朝水里走去。

"当心！石子很滑。"身后那人喊，然后他追上来说，"万一摔进水里，不是开玩笑的！"

"不会的。"陈白露大大咧咧地说着，身后却扑通一声，回头看时，那人只顾着劝她小心，自己先在光溜溜的石子上滑倒了。

那瓶红酒咕噜噜地滚进湖水里，在一个不深不浅的地方沉了底。她忙跑进水里捞那只酒瓶，也顾不得深浅，待抓起来看时，那红酒的塞子是早就开启了的，刚才只是轻轻地塞住了一点，在湖底石子的碰撞下早不知甩到哪里去了，红酒也漏光了。

"真对不起，害得你丢了一瓶酒。"陈白露笑着扬扬手里的空酒瓶。

"这个不值什么，"那人指着不远处的一片绿地给她看，"就是那个葡萄园的酒，要多少有多少。"

"瑞士的葡萄园我只知道 Lavaux。"

"这里不如 Lavaux 有名，不过味道还好，保证和你从前喝过的不一样。如果你的爸爸妈妈同意的话，我可以带你去酒庄里尝一尝刚从橡木桶里盛出来的酒。"

"爸爸妈妈？我已经成年了。"

"真的吗？"那人故意做出滑稽的惊愕表情，"那我真是太走运了。"

陈白露大笑，踮起脚看着那片葡萄园："有多远呢？我眼睛不大好，可是估算不出来呢。"

"走路半个小时，你能走吗？鞋子穿的可以？前面有一大段山路。"

"没有问题。你不在祖国好好地待着，怎么跑到这么远的地方来种葡萄？"

"哈哈！"那人在前面走着，步子又大又快，笑声也是很爽朗的，"你把我当成酒庄老板了？不是的，老板是我的朋友。我是来出差的。"

"来这种鬼地方出差，你是导游吗？"

"……我今天就算是你的导游吧。"

陈白露猜他绝对不是导游，不过她没有再问下去。

那段路比她想象中难走很多，其中一段山路全是赤裸的石头，既凉又滑。不知道名字的树木从身侧斜探到眼前，随手拨到一旁去，一只花花绿绿的虫子从叶片上蹀到她的手臂上来。她几乎惊叫出来，折了一根小树枝在胳膊上扫着，边扫边在嘴里"嘘嘘"地驱赶着，好像在赶一匹马。

那人听到声音便站住脚看着她赶虫子的样子，笑得眼泪都飞出来。

葡萄园近了，身侧茂盛的植被变成了细耕的土地，种着修剪成漂亮形状的花木，再向前走了一会儿，那手掌大小的葡萄叶子就在眼前迎风摇摆了。两个身形如一堵墙宽的大汉在田垄里立着说着什么，这人告诉陈白露他们是庄主的两个儿子，陈白露于是猜测这庄主的年纪一定很大了。

又转过两陇葡萄田，一个爬满青藤的，有着红色外墙的小房子就在眼前了，陈白露当场愣住，这红墙青藤，完全类似她在北京住的那间老公寓的样子，这样毫无防备地出现在异国的田野，她觉得眼睛刺痛。

一个矮且胖的老人笑眯眯地从红房子里走出来……他的年纪的确很大了，头发和眉毛的颜色都浅得看不出来，他和这人互相拍拍对方的肩膀，像是许久不见的老朋友，这人又介绍陈白露说是"一个朋友"，他和陈白露都不知道对方的名字。

这个老人的姓氏很长，陈白露没有记住，及到了那贮藏橡木桶的高大房间里，看到桶上拼着的一串字母才勉强能够念出来。那酒的确与她喝惯了的不同，清淡得像哄小孩子的糖水，她因为走了路，又热又渴，捧着杯子痛喝了几杯，然后高兴地走到院子里去吹风。

那人跟在她身后说："都怪我没有把酒瓶的塞子塞紧，否则刚才请你喝上一点，你早就高兴起来，不会对着日内瓦湖哭了。"

"谁哭来着？我看到景色太好，高兴得不知道怎么办才好，只好哭一哭以示感动。"

"湖水有知，要说'当不起'了。小朋友，既然出来度假，就不要有一分钟的不快乐，不快乐的时间也是一样地过。人生苦短。"

"……真是巧了。我刚才就是因为想起这个道理，才觉得自己虚度了许多时间，才掉了眼泪的。"

那人还要说什么，陈白露的电话响，是宋先生，问她怎么不在石堡里。

陈白露说，是一个在湖边遇到的先生带她来了西行半小时路程的一个酒庄。宋先生立刻在电话里发了火，问她这人叫什么，酒庄又是什么名字，陈白露想了半天，一个字也说不出。宋先生让她在原地等着，他要开车来接，挂了电话，陈白露无奈地朝那人笑笑，好像在抱怨一个过于谨慎的父亲。

"是你的爸爸吗？"

"是同行的朋友。"她解释说。

十余分钟后宋先生黑塔一样的身影便出现在酒庄门口，他大步走进来，看看陈白露，又看看她身边的人。那人也愣了一下便迎上去握手："原来是宋老板。"又转身看着陈白露笑："失敬失敬——瑞士真是个弹丸小国。"

宋先生没有和他握手，只把手插在口袋里："不管在哪国，不管你知不知道她是谁，随便把一个女孩往陌生的地方带，这也不合适吧？"

"等等，"陈白露扔下酒杯站起来，"这儿是瑞士，又不是非洲。"

"这跟地点没关系，只和人品有关系，你知道他是什么人吗？"

"宋老板。"那人干笑两声，"首先我的确不知道这位小姐是你的女友，否则我绝不敢多说一句话，这点品德你要相信我。其次，你我之间不必互相攻击人品吧，我的确不是什么君子，有些人因

136

为我而吃了亏，但他们都是富人，不至于伤了元气。你宋老板呢，这些日子恐怕开心得很吧，你赚的可都是普通人的钱，他们倾家荡产，你带着这样漂亮的小姐来度假——哦不，我猜你不是度假，是来检阅你在瑞士银行的财产吧？现在不比从前，钱进了瑞士就是进了保险箱，现在有些国内的调查这边也会配合。我和你不一样，我没有这些隐忧，我来出差就是买买葡萄园，因为国内的生意不用放太多精力了，你和我的那场拉锯战，宋老板赢定了，我乖乖地种葡萄当农民就好——小姐，再见。"

这人干笑着走了，留宋先生在原地，脸色气得紫胀。

"这人是谁？"

宋先生冷笑："心真大呀陈白露。你活了这么大，没有被拐卖到深山老林里生孩子真是万幸。"

"我不和你吵架。"陈白露酒意有点往上撞，整个人都是轻飘飘的快乐，她走出去，见宋先生在这里租的那部车子停在酒庄外面，"我要走路回家。"

"随你。"宋先生发动车子，一踩油门，车子蹿出去很远，又停在原地。等到陈白露跟上来，他又在车里求着："真的不上车？"

"不。"

他只好慢慢地开着跟着，边开边坐在车里说：

"这人姓于，是个老流氓，专门拣业绩又漂亮股价又低的公司收购，收进来后把管理层扫地出门，也并不想好好经营，只为了早点转手卖个高价。多少好好的公司被这样生生折腾散了，说起来真是让人心疼。我有一个许多年的朋友叫王詹姆，他的公司就在这样的危险里，如果不是有我的股份站队帮着，王詹姆早就去扫大街了——只是个比方，扫大街不至于，但十几年经营的公司就像卖猪肉一样被转手卖掉了。"

"那么听这人的口气，现在是你快要把他赶出去了？"

"差不多吧，所以我才能缓一口气处理瑞士这边的事。他白白折腾了半年，白填进去了许多钱，所以恨着我呢。我每天想的讲的都是这些事，提起来就恶心。如果回到上海以后他再想和你见面，千万不要理他。"

陈白露冷笑："为什么？因为他想要恶意收购你的朋友的公司，所以他就不是一个好人？"

宋先生在车里吼起来："你这冷嘲热讽的语气是什么意思？人性比你以为的难看得多！你才活了多大，见识过几个人？"

"我的确没有活多大，可我见识过许多个带上一个女孩假装度假，实际去瑞士银行不知道做些什么事的呢！怎么了？吓到了？收起你震惊的表情吧，你以为我只是一个在游戏公司低头描线的美工吗？你以为武康路上的公馆是从我爸爸手里继承的吗？你又以为我为什么常年开着派对，养着一群不熟悉的人白吃白喝？因为他们在我家里的快乐是真的，虽然浅薄，但是真实，除此之外我不知道还有什么办法能看到人们的真心，我喜欢真心，但是你们都没有真心了。宋先生，问问你自己的良知，上一次你真心地向一个女孩表达爱慕是多少年以前？你还回忆得起来吗？我可以，虽然时间也过去几年了，但我能清楚地记得我二十岁的时候真心地喜欢一个男生，当时有很多流言，说一个落马贪官的女儿如何不择手段地攀附一个富家公子，我不在乎流言，我知道我是真心的，他也知道，我们曾经很相爱过，分开以后我一直不能振作，多多少少有这件事的原因吧，当然也有我的贪欲与虚荣，才变成后来你们听说的那个样子。这是我最后一次真心，我能准确地回忆起来，你能吗？你们都是假的，瑞士再美也是假的——只有这干净的湖水是真的。"

2

宋先生和陈白露在瑞士停留了五天，他们没有再提那天酒庄外面的争吵，也没再有过什么真心与虚假的讨论，他们像一对真的来度假的小情侣一样，他去银行的时候，她就在附近游山玩水。

有一天他事情办得很顺利，提前回到他们住的石堡，陈白露不在，他站在楼上的起居室里极目看去，她穿着一身运动装，头上绑着吸汗的发带，沿着日内瓦湖跑步。

夕阳照着她健美的身形，还有湖面上驾驶着帆船的少年，宋先生突然觉得她不应该再回上海，她应该留在这里，和那些帆船少年谈恋爱，任何一个都好，看上去都无比般配。那座华丽的公馆，金屋藏娇，掩藏的是她的活力与快乐。

他们回到上海以后，宋先生没有再联系过陈白露。如果说有什么不切实际的愿望，那就是他有一瞬间希望时间倒退回二十年前，他和她是同龄人的时候，他还保有她向往的"真心"的时候站在她身边。

但是他很想她。

九月的上海还没有秋意，炎热如火烤。

写字楼里的室温是永远的 22 摄氏度，在往年，宋先生一向是觉得适宜的。今年却不知道为什么凭空觉得无比燥热。他在办公室里坐了一会儿，见了两三组重要的不重要的人，谈了一些事情，全像跑马一样在脑子里跑了一遍，只留下几个马蹄印子。他觉得今天工作这样没有效率是因为太热的缘故，干脆把温度调到了 16 摄氏度。

可是仍然觉得热，是从心口里向外涌着烦躁的热，他看什么都不顺眼，比如窗台上那棵绿植，叶子怎么那样细细卷卷，哪里有个植物的样子；比如这杯茶，颜色怎么这样浓，哪里有一点茶的样子；比如曼迪刚送进来的合同，明明每个条款都是他亲自谈过对过的，现在每一条都仿佛在奸笑，像是有什么大坑在等着他发现似的。他不肯签，又不说为什么，曼迪歪着头看着他的脸色，没有说什么，只在原地站着。

"他妈的没有一件事能顺顺利利的——"宋先生骂了出来。

"我发回给法务，等你心情好了再说吧。"曼迪飞快地说。

宋先生看看曼迪，他其实很希望她能和他吵一架，公司里只有这个火暴脾气的秘书敢和他吵架。

"我的午饭是不是忘了订了？都几点了，我还饿着呢。"

宋先生故意找了一件事来骂，曼迪太聪明了，她偏不理他，小跑着出去了，轻手轻脚地替他关上门。办公室里又剩下宋先生和呼呼吹着的冷风，压着一肚子没有发出来的火，他一点也不觉得凉爽。

手机铃声大响，他两步迈过半个办公室抓起手机来看，一阵

失望。是珠雨田。

"老大，你在哪儿呢？"珠雨田在电话里没头没尾地问一句。

宋先生哼了一声。

"陈白露有没有和你在一起？"

"没有。"

宋先生答得又快又干脆。

那边停顿了一会儿，小心翼翼地问："你是讲话不方便吗？那我等一下再打给你好不好？"

"没有不方便。"宋先生叹口气，他也不知道最近怎么了，为什么他常常散发出令人避让的气场，使得她们都小心翼翼的。他不喜欢别人怕他。

"说吧，珠雨田，有什么很要紧的事要找她吗？"

"不是要紧的事，我只是在北京找到她的一件旧衣服，她以前说过找不到了，以为是丢了，我就寄回上海给她。前天快递员就联系我说包裹已经到了，打她的电话一直不接，敲门也不应，可是隔着后门又能听到手机铃声在响，我让他今天再送，今天他又告诉我，这次电话也关机了。我也不知道这算不算要紧的事，可是心里不太踏实。我妈妈去苏州给外婆做寿了，得好几天才能回来，宋先生，你能去她家看看是怎么回事吗？"

"别担心，也许是……去别的城市散心，图安静，没带手机。"宋先生边胡乱搪塞着边在桌子上的一堆文件里翻着车钥匙，"我半个小时就能到她家。你别担心。"

在 1768 弄的黑漆铁门外，宋先生把车窗打开问保安，陈白露有没有出去过。保安说她大约一周以前回来了，然后再也没见过她，也没有她的消息。

"她家的派对呢？上个周六，也就是三天前，有没有开？"

"没有，她上个月出国度假了，回来以后就把派对停掉了，这一个多月一次也没有再开过。那些客人太多，可能她也不能记得清楚都有谁，总是有没有通知到的，我们每个周末都要拦下很多车。"

"你刚才不是说没有她的消息吗？这么重要的事不是消息？"宋先生坐在车里大怒，猛地踩了一脚油门。

陈白露家门外停着快递的车子，一个穿着工作服的小伙子正在朝里面探头探脑。宋先生拍拍他的肩膀："哥们儿，搭把手。"说完便攀着门外的玉兰树跳了进去。

小伙子喊了起来："你怎么随便进——"

"别废话了，进来，帮我砸开窗子，我一个人可能干不来。她在里边三天不接电话你不知道？"

小伙子在原地犹豫了一会儿，把包裹隔着栅栏扔进去，嘿了一声就翻进了院子，二十岁的身手敏捷，不是四十岁的宋先生可比。

宋先生站在窗下看着，所有的窗子都关着，帘子也严密地合着，细软的白纱安静地垂着，仿佛房间里没有一点空气流动。

他们在院子里找了两把椅子，椅子的脚镶着很长的一段石头，这是很合手的工具，抡起来既不会太重，又足够把玻璃敲碎。

那灌进过许多春风夏月的落地玻璃碎了。它先是嗡嗡地震着，然后终于裂开了一条小缝，那小缝在连续的敲击下迅速扩散成蛛网。

"让开。"宋先生对快递员说。

小伙子后退了两步，宋先生站在那儿，几秒钟之后，整面玻璃墙轰然落地。

"陈白露！"他喊着冲进去。

客厅里一股很久没有通风的味道传来，是木地板的味道，是墙壁返潮的味道，是植物缺水枯死的味道。那味道不算难闻，但是十分不祥，宋先生一只手扶在楼梯的扶手上，突然感觉不能抬起腿来上楼。

四十岁了，他打过群架，打过校长，"切"过老东家的生意，吃过官司，遭遇过全球股市雪崩，倾家荡产又东山再起过，每次风浪袭来都被他生生扛了过去，眉头都不会轻易地皱起来，他曾经怀疑自己也许有什么基因缺陷，明明喜怒哀乐都和常人差不多，却唯独没有害怕的能力。

这一次他圆满了。

他终于觉得恐惧，那恐惧从一点预感开始，像那面玻璃的墙壁一样，迅速扩大成密密麻麻的一张大网，伸到他的四肢和血液里去了。

144

"陈白露。"他边叫着她的名字边一步步地上楼。

楼上的小厅里，那几百幅画还堆着，似乎没有添一幅，也没有少一幅。那把铺着羊毛毯子的椅子也还在原地摆着，毯子平整得没有一丝有人坐过的痕迹。

书房的门本来就是敞着的，一眼看去，没有人。

卧室的门关着，他顺手拖过那把椅子，想着如果门是从里面反锁的，就又要砸一次门了。

可是轻轻一推就开了。

纱帘里朦朦胧胧地透了一点日光进来，他看到陈白露躺在床上，盖着一张线毯，线毯上又盖了一件外套，像是很怕冷，急切之下又不能再取一条毯子似的。他开了灯，房间里瞬间变得雪亮，但是陈白露一动未动，连眼皮也没有动。

他看清了她的脸，额头与脖子都是平时的肤色，只有两颊和颧骨是通红的，像酒醉后的红晕，像盛放得即将要凋落的桃花，她的嘴唇裂了很深的口子，嫩红的肉从伤口里翻出来，还有干了的血丝。

"陈白露。"

她哼了一声。

哼了一声！他心里的恐惧一下子散了。只要是活的就好。

"喝水。"她迷迷糊糊地说。

他忙找水。

"陈言，给我喝一点水吧。我不要自生自灭呀。"

床头是有半杯水，不过应该放了很多天了，上面飘着一层灰尘和绒毛。

"等我下楼倒水。"他说。

他的手被抓住了，滚烫的，无力的，纤细的。

"我去倒水。"他也握住她的手，在她耳边说。

"陈言，别走。"

3

"会开车吗？"

"会。"快递员看着宋先生抱着陈白露从楼上走下来，一团乱发，两条白手臂垂着。

"钥匙在我左边口袋里。出了武康路向左转，第二个红绿灯旁边就是医院。"

是重症肺炎引起的感染性休克，再加上脱水。大剂量的青霉素打下去，她体温降了下来。这个过程持续了一天一夜，她有时候是睁着眼睛的，但是似乎并不清醒，她的视线聚焦在一个空洞的地方，看不见医生，也看不见护士。护士手生，打点滴的时候几次找不到血管，手背上鼓起一个大包，血水也喷了出来，她也并不觉得疼，只是木木地盯着那个空洞的焦点；她更多的时候是昏睡的，头歪在枕上，眉头和嘴唇都紧闭着，像是很吃力的样子，又突然朝另一侧歪去，脖子扭得咯咯作响。她时而平静，睡得像婴儿一样安稳，时而又哭出来，一滴一滴的眼泪润湿了睫毛，在脸上画出一条细线。

医生把电脑里的病历给宋先生看："她两年前就得过重症肺炎引起的感染性休克，这次是复发。上次是在老挝感染了病毒，比这一次更凶险，是进了 ICU 的，你看，这是在北京的记录。"

"原来肺炎也会这么严重？"

"这次幸亏你送来得及时，再晚一天，别说肺炎，光脱水就能要了她的命。"

又过了一个白天，陈白露就从病床上坐起来了，体力还是虚弱的，但精神不错，她扒拉着医院的盒饭，问里面为什么只有两片肉，青菜却有这一大盒，她只是生病了，又不是变成了兔子。

宋先生边切橙子边看着她笑，心想年轻就是这样好，从濒死到挑剔饭菜只隔了一天一夜。

医生同意她出院后，宋先生带她回家，他本想让陈白露搬到他的公寓里住一段时间，但陈白露不同意，他也不好坚持，回到武康路的公馆，那面砸碎的落地窗早就被宋先生吩咐小郑来修好了，但是宋先生又叫了清洁工来打扫一遍，免得有遗落的玻璃碎片藏在草坪和地板的缝隙里。

陈白露变得非常黏人，也许是病中会对身边人多生出一些依赖感，她那么温柔，抱着宋先生的腰求她让自己再多吃一碗排骨；她胃口变得非常好，像个发育期的少女，用惊人的食量填补着身体的亏空。她撒娇的样子那么娇憨，她大口吞咽食物的样子那么可爱，这些动作使宋先生想起他的女儿 Grace，于是又生出一些男女之情以外的怜爱来。古人说的幼人之幼，也许就是像宋先生此时一样，想到 Grace 有一天也会长到陈白露这么大，也会遇到成年人的烦恼与失落、危机与打击，如果那时候也有人能帮她添一碗饭，那也是她的幸运了。

宋先生和陈白露说起 Grace，这是一种新鲜又有趣的感受，因为他从前从未有女性友人可以听他絮絮叨叨地讲他的女儿，曼迪虽然关系亲近，但她决定做一个不婚主义者的原因之一是她讨厌小孩。

宋先生说 Grace 是他的全世界，就是字面意思上的全世界，他如果失去了 Grace 就一无所有，连活着也没有意义了，如果他让 Grace 失望，那么他便是一个失败的人，一切事业上的成就都一笔勾销了。他害怕 Grace 对他失望，她长得那么快，像春风吹

148

过的竹笋，好像每次见到她都长高了一截似的，很快她就能演奏小提琴、读大部头的书、长成一个被小男生们搭讪的姑娘，她会有自己的世界观和判断力，她会用自己的眼睛审视父亲，到那个时候，他希望 Grace 眼中的他是一个成功的商人，一个著名的慈善家，一个把身边的朋友、家人和员工都照料得很好的值得尊重的人。

"你一定是的。"陈白露说。

"万一呢？"宋先生惨然一笑，"谁能保证我能一直平安顺利呢？这个行业里谁的身上没有背负着原罪，如果我破产了、入狱了，或者有什么更糟糕的事发生呢？"

"不会的。"

"连我都没有这样的自信了。想想吧，假如坏事真的发生了，谁会站在我这边，"他伸出一只手来扳着手指，"我的父母、前妻，三五个朋友，还有员工里的大部分吧——我不敢说全部。只有这么几个人会理解我、同情我，其余所有人都会高兴地看我一败涂地。只有这么些。"

"还有我。"

宋先生看着她。

"我也是站在你这边的。我不问是非对错。没有那么分明的是非对错。我站在你这边。"

"我的女儿呢？她会理解我吗？"

"也许一时不会，等她长成大人，多经历几番人情冷暖，她会理解的。你不要这样悲观，我也曾经很不理解我的爸爸，在我最难的时候……"她哽咽了，"我有过很难的时候，我向他求助过，那时候我以为父亲保护女儿是天性，所以没有把我的难处讲得很具体，他没有理解，他以为只是小孩子的娇气，他放任我一个人在外面硬扛着，等我把这件事扛过去了，我发现自己的心就像……就像这片面包变硬了一样。他缺席了这个过程。

"后来我看过一个亲子节目，一些爸爸带着自家的小孩来参加电视台的综艺节目，他们把一个爸爸藏了起来，大概是要做什么节目效果，那个小孩子，只有四五岁吧，从房间走到院子里就发现爸爸不见了，他在原地转呀转的，对着镜头说：'我爸爸怎么不见了？他刚才还在这里。'我哭得多伤心啊，在我困难的时候你缺席了，你永远也不会知道我后来遭遇了什么。

"我现在的性格有一点骄纵，就是小时候被溺爱留下的痕迹。小时候我家有一个很大的花园，比这一个还要大得多，院子里种着成片的玫瑰，我那时候刚刚模糊地记事，两岁或者三岁，已经知道这片玫瑰园是我爸的心头爱，园丁浇水浇迟了都会被骂。有一天我不知道在想什么，把开好的花都摘了，扔在地上乱踩，然后想起园丁被骂的样子，自己先吓哭了。我爸爸回家后先是发脾气，问谁把花园糟蹋成这样，听说是我，立刻把我举得高高的，抱着我说：'我女儿力气这么大呀，都能摘花了……'这件事之后我就知道了，什么玫瑰花呀，什么好东西呀，都不如我重要。

"后来上了小学，我有了一些很奇怪的兴趣，觉得玩拳击很酷，我爸爸给我请了一个拳击教练。其实只是练一练姿势，不真打的，所以我觉得很没意思，总是东一拳西一拳地招惹老师，有一次把人家招惹急了，还了手，现在想起来也不是有意的，不过那拳还是打重了，我的半张脸都肿了起来，回家撒泼打滚，一定要我爸爸去教训那个老师。那时候我爸爸是一个很有权势的人，那个老师也吓得不轻，可是我爸说着不是人家的错，任凭我在地上滚了多少圈也不理。那时候我才知道，原来我也不是世界上最重要的东西。

"读大学的时候我爸爸已经失势很久了，家里也没有钱了，但是我在北京过得非常快乐，因为我当时的男朋友是一个有名的公子哥儿。后来我们分开了，结局很不公平，当然人与人交往，本身也不能追求公平，我接受这样的结果，但是仍然很难熬，我的身体和精神都垮掉了，可我向他寻求帮助的时候他什么也没有做。我当时住在一个很老的爬满爬山虎的公寓里，那是我家仅剩的合法财产了，那时候还在上学，不能出去找工作，几乎

151

身无分文，每天让楼下的小吃店送一碗八块钱的炒饭，就是一天的伙食。这样过了不知道多少天，老板来送饭的时候给了我两个饭盒，一个里面是炒饭，一个里面盛着半个水煮的圆白菜，老板说：'也要吃一些蔬菜呀姑娘……'我那时候已经很多天没有下楼了，那天之后我就决定要出去走走，是好是坏，是对是错，先向前走了再说。

"一转眼我就变成声名狼藉的交际花了。又过了几年，我搬到上海来，买了这个房子，去游戏公司上班，外人以为我坐在格子间里描线是自甘平庸，其实我做得很高兴。如果你没见过过去的我，当然无法理解现在的我。有一年的中秋节我回到爸爸妈妈的家，我爸那个时候宣称自己戒烟已久，其实我每天都睡得晚，午夜时候总是听到他偷偷溜到阳台上去，能去做什么，当然是抽烟，可我没有揭穿他。那天爸妈都睡了，我一个人在客厅看电视，看的就是那集亲子综艺，四五岁的小男孩，在原地转着圈圈找爸爸……我哭了很久，后来关了电视，在客厅里坐着发呆，一不留神就过了午夜，我爸从卧室里偷着往阳台上走，我想回自己的房间也晚了，只能悄悄地坐着，我爸走进客厅看到我，尴尬得不得了，因为他手上还捏着烟盒呢！他愣了一会儿，问我：'会抽吗？'我其实不会，但是我说好，他给我点上一支烟，打火机一亮，我就原谅他了。

"那是一场成人仪式的交接。我才知道没有一个人是需要对另一个人的人生负责任的，爱人、子女、朋友，都不必。没有谁的离开或者缺席是需要被指责的，一个人走到今天这一步，完全是自己的原因。恨意是庸人自扰，但善意应该被感激，我后来常去那家卖炒饭的小吃店点上很多东西，老板已经不认识我了，但是我不会忘记他。"

"陈小姐！"宋先生叫来的清洁工人在楼下喊，"玻璃已经清理干净了。"

宋先生走下去付钱，看到快递员扔进来的包裹还在墙角放着，被工人当作垃圾，差点丢掉。是这个包裹救了陈白露呢，宋先生用两根手指捏着它跑上楼。

陈白露说："什么东西？你帮我打开吧。"宋先生撕开那被工人踩踏过的破破烂烂的包装袋，是一条暗红色的长裙，裙褶里缀满了碎钻，星星点点的，沉甸甸的。

"呀！"陈白露说，"珠雨田从哪儿找到的，我以为把它弄丢了。"

她像抱着稀世珍宝一样抱着它回了卧室，丢下一大桌吃得乱七八糟的饭菜。

夜深了，她很快睡着了，宋先生睡在楼下的客房。客房从来没有人留宿过，所以平时也当作一个花房来用。许多植物的香气混合着，冷气吹在上面，还有叶片摩挲的沙沙声。宋先生好像睡在丛林里一样，半睡半醒间，还有小河淌过。

他想起刚才吃消夜的时候应该顺便谈一谈未来的，但是她埋头吃着面，连汤都喝光了，额头上渗出细汗来，两腮吃得红扑扑的。她吃得那么香，任谁也不忍心把她从单纯的食欲里拖出来，说一些甜蜜又严肃的话题。

不急。他心里想，还有明天，明天再谈也是一样的。

门缝里透出一点橘黄色的光，是客厅里那盏书灯还亮着。他走到客厅里去关灯，先站在客厅的边缘看着，这干净又朴素的小公馆，一如它的主人的风格，无论有多少浮华的传言，都像这座公馆的外表一样，外表只是外表。

她白天看的一本书还扔在椅子上，书皮翻了一半过去，是一本版本很老的《茶花女》，译者满口白话文还未发育完全的样子。宋先生把书皮整理好放到一旁的桌子上，在按灭书灯之前的一秒钟，书里掉出一张照片来，飘飘地落到地板上了。

他把照片捡起来，那是碧蓝的天和无边的海，一艘甲板雪白的游艇，影影绰绰地有许多年轻人。画面的中央是一个穿着深红色长礼服的女孩，半长的头发扎起来，露出雪白的后背。他只看那背影就知道是陈白露，那件深红色的长礼服，裙褶里缀满了碎钻，就是珠雨田从北京寄来的那一件。

照片上的她抱着一个男孩的腰，头埋在他的怀里，男孩个子很高，比陈白露还要高出很多，他抬着下巴看着远处的大海，手扶在陈白露的肩膀上，但是那神态，或者肌肉的走向，或者只是观者的直觉吧，不像把她揽入怀里，更像是推开她。

宋先生在灯下愣了一会儿，把照片夹回书页里，心想：这个人就是陈言吧。

4

第二天早上宋先生准备去公司的时候，陈白露还没有起床。他在卧室门外敲着门，听到里面窸窸窣窣地响了一会儿，又有咳嗽声和喝水声。她说："稍等呀。"声音虚弱又沙哑。

宋先生忙说："不用起来，我就是来告诉你，我得去上班了。"

"那么……"

他站在她卧室外面，感觉心里有许多话想说，但不是这样的方式，隔着房门，她又半睡半醒地病着。

不急，还有明天，明天再谈也是一样的。或者今天晚上也可以，他在晚高峰之前下班，早早地回来，不要拖到深夜。

"你……等我吧。"他说完就走了，下楼的时候是笑眯眯的，他实际上是意识不到自己在笑的，卧室里的陈白露也是意识不到自己在笑的，她是在枕上翻个身，看到自己的脸映在对面的镜子上才知道自己在笑的，她的脸因为生病而微微浮肿着，脸色也不大好看，可是那表情是她失去了很久的甜样子，把什么病容都遮盖住了。

她又躺了一会儿，外面日头已经很高，今天是个多云有风的天气，因为窗前的地板上不时有云彩滚动过的阴影，晦明不定。昨夜入睡之前，她已经订好了今天回北京的机票，与世界和解是一个琐碎的大工程，那件缀满碎钻的红裙提醒她还有一件未决的事。

那本被宋先生拾起的书是她白天看过的，从书架上抽出这一本的时候她就知道里面夹着那张照片，因此也算得上有一半原因是想再看一眼照片的。那是三年前他们分手前夕，她已经知道大势去矣，再紧的拥抱在"气数已尽"面前也无能为力。她还记得有个同在甲板上的朋友用一部单反相机录着像，录到一半那人说："空间不足了，调成黑白的吧。"

她心里轰的一声。

这张照片是由彩色切换到黑白之前的一帧，她从视频里截出来。

再看的时候，心里还是难过的。她以为不会难过，但是她猜错了。

任多少时间过去，哪怕爱上了新的人，哪怕新的爱恋同样真挚，就是不能忘记啊。

相爱的时候那么深刻，分手却分得不大漂亮，说了许多狠话，也并没有机会再有和婉的场合来解释，发了许多毒咒，也不知道掌管这件事的神灵有没有往心里去。

分手后她和陈言有过不多的几次对话。

第一次是一个深夜，他打电话来，说他们两人的著名往事成了横在他和现女友之间的一根刺，那个女孩百般妒忌和介意，他被搞得不知道如何解决。陈白露说，妒忌可以理解，可是介意什么呢，介意她还活着吗，难道她应该去死吗？他听出她语气不善，把"你能不能亲自向我女朋友解释我们已经没有感情了"咽了下去。

再有一次，是陈白露听到他们共同的朋友说，正在国外读书的陈言被警察带走了，原因不明，后来又花了一大笔钱保释。又过了一段时间，陈白露假托去陈言的妈妈家探望他们共同养过的狗，装作不经意地问起这件事。陈言的妈妈不客气地说："因为有些人编造故事编得太荒唐，陈言看不过去才把人打了。"

陈白露抱着狗蒙在原地："编谁的故事？"

陈言的妈妈冷着脸说："你问我？我也想问你呢，为什么有个公司派去北美工作的员工在华人聚会上讲八卦，都能讲到他老板

157

有个情人叫陈白露？我儿子也在场，听到别人这么编排你，能不生气吗？我知道你不是这么荒唐的人，这都是有人不知深浅、不明是非、胡编乱造出来的。现在的人做事越来越没有底线，也不知道怎么变成这样了，或者也不是变成了这样，是本来就是这样，只是以前识人不明，看走眼了！"

还有一次，是她深夜回家，在小区外面的便利店买饭团，当时是凌晨三四点钟，店员小哥在收银台后面撑着头打盹。她举着饭团站在那儿，看着他额发下覆着的面孔，那么熟悉，那么相像，明明不可能是，心里还是突然慌张起来。小哥抬头看到她，忙站起来道歉，她一直到走出便利店时心里还是慌的，隔着玻璃门又回头看，却发现明明一点也不像，头发眉毛脸庞，没有一点相似的地方。

宋先生下班来找陈白露的时候正是黄昏，西边半个天空布满了火烧云，高高低低的植物和建筑都是金色的。他敲了许久的门也没有人应声，打陈白露的电话，那边一片嘈杂。

陈白露说："我在摆渡车上。"

"你去了哪里？"

陈白露说："回北京家里取一样东西。"

宋先生愣在门外，他以为早晨离开的时候他们已经讲好了。不过在心里复原了一下当时的对话，似乎又并没有讲好什么。他又以为即使不用明讲，他们之间是有这点默契的，难道是他一厢情愿的错觉吗？他抬头看看西边的云彩，那天色已经变成了血红，越来越深，深得像是熟透了，要从天上泻下来一样。

静姝这个时候打电话来，宋先生接了，她的声音还是那么温和，语气却很焦虑：

"在上海吗？"

"在。"

"马上来家里好吗，Grace 说想爸爸了。"

"她怎么了？生病了吗？"宋先生一惊，边打电话边发动车子。

"……不舒服，哭闹，来了就知道了。"

"Grace 不是早上还在长沙？"长沙是 Grace 的外婆家，她刚刚被送到外婆家过暑假，宋先生早上接到她的投诉电话，说外婆煮的所有饭菜都是辣的，她被辣哭了。

静姝犹豫了一下说："就是生病才送回来的。"

什么病是长沙不能治，要送回上海的？宋先生看着晚高峰的马路上一片红色的尾灯，第一次焦虑得想哭。好在武康路和长乐路相邻，他把车停在路边的一处空地上，向着夕阳跑了起来。

5

　　九月的北京是最好的季节，干燥晴好的秋日夜晚，空气里还有些类似麦浪的香味，虽然金宝街的附近不可能有农田。这是北方的味道，只与纬度有关，陈白露不用看到街景，也不用听到路人的口音，只闻着这干燥的麦香就知道她在哪个城市了。

　　金宝街华灯初上，路口的左侧，有一个没有名字的入口，大门没有路牌，门外也没有人迎来送往，但是推开那扇沉重的木门，便可以看到两个穿黑衬衫的人，他们既不是保安，也不是侍者，或者两者都是吧，他们负责甄别来人的身份，只有被邀请的人才能入内。

　　到了这里，视野仍然是很狭窄的，似乎是一间其貌不扬的小客厅，只有一棵长长的藤蔓植物从很高的花架上垂下来。等到穿黑衬衫的人带着来人穿过客厅，推开对面墙壁上的一扇小门，便是一条长而明亮的走廊，两侧的墙壁上挂着许多画，画框都是最简单的，一道花纹也没有。这些画作有些很昂贵，有些不是。走廊的地板是用很厚的不知道什么品种的木头拼成的，女生的鞋跟敲击在上面，会发出好听的共鸣声，走廊的尽头又是一扇门，这里的门多得像迷宫，给人永远也走不出去的错觉——然而只是错觉，这是最后一扇门了，它是极尽精致和华丽的，许多金色和银色的丝线缠绕着，底色是天国的翅膀和地上的火焰。它很厚重，能把大部分声音都隔绝开来，可是站在门后，还是能听到里面传来音乐声，它久久不绝的，时而热烈时而低吟，还有高高低低的人声，那人声无疑是只有欢乐没有悲伤的。

这是老朋友熟悉的梦会所，新朋友只要看上一眼也不会陌生，它曾经出现在许多少女的梦境里，它里面有喝不完的美酒和温柔的少年。

现实里的梦会所是杨宽和路雯珊夫妇的产业，在从前，它只是招待朋友们私人聚会的地方，这两年经济不景气，它平时也被出租出去承办一些会议或者婚礼。这样一来，梦会所的许多陈设磨损的速度便加快了，如果常常来这里也许不能发觉，但是陈白露离开它两年了，一走进那朴素的小厅，就看到藤蔓缠绕的花架有了裂痕，露出一丝白森森的木茬来；长廊的地板越发锃亮，是有许多人走过的痕迹；长廊尽头华丽的大门，门钮本是金灿灿的，这时却蒙了一层银光，是有些掉色的样子。

不变的只有那隐约传来的乐声和欢笑声。她推开门，满满的都是人，和她离开之前一样的漂亮的少男少女。没有人看她——也许有一两个瞟了几眼吧，他们都不认识她，她也不认识他们，于是他们很快把视线移开了，可她仍然盯着人群看，那些女孩子，她只有和她们站在一起的时候才觉察出时间的流逝：年龄，只有几岁的差距，可是多么明显啊，眼神、皮肤、笑起来的样子，二十五岁和十八九岁是不一样的。

她曾经是这里流言的中心啊，但是现在没有人认识她了。她再也不用穿过一片异样的目光和低声的议论，她只用安静地向前走，在那些男生里寻找她熟悉的那一个了。

她看到了陈言。他坐在一个靠近墙壁的地方，那是个很宽大的座位，宽大到他身侧的女孩们围坐成一个扇形，膝盖和脸庞的朝向都是他。他还是那么招女孩喜欢，这前呼后拥的一幕与多年前他们恋爱之前并没有什么不同。他比以前稍稍胖了些，本来瘦削的两腮圆润了，这是陈白露不喜欢的，她总觉得虽然这样也不难看，但它是发福的不详的开端。一个男生如果发福了，那么魅力至少减半，出于一些奇怪的私心，陈白露总是希望他永远是那个鲜衣怒马的少年。

他笑起来还是那么好看，好像雨后的第一束阳光……

他说话的时候，身边的女孩们都在笑，她们的笑可是千姿百态。

陈白露坐得不太远，他只要看向这个方向就能看到她，但是他没有。

他并没有喝什么酒，酒杯放在桌角，抿一口就放下。杯子里的冰块慢慢地融化了。

他把手搭在身边一个女孩的大腿上，但这个女孩应该也不是他的女朋友，没有原因，陈白露懂得他的眼神。

他又接电话，示意女孩们小点声。但是没有用，她们不知又被什么掀起一阵笑声。

然后他站了起来，边讲电话边走到阳台上去。

阳台藏在厚重的丝绒窗帘后面，不是熟悉梦会所的人根本不知道它的存在。阳台是探到金宝街上去的，两侧都是华灯。

陈言打电话的时候察觉到了身后的窗帘一动，因为梦会所里的灯光让眼前明亮了一瞬，然后窗帘又合上了，有人站在自己身后。他以为是个跑出来吸烟的人，便把手搭在阳台的黑铁栏杆上把电话讲完，回过头来，见一个女孩立在栏杆旁，夏夜的风把她的衣襟和头发都向后吹去。

"唉。"他叹了一口气，"我是在梦里吗？"

她笑着说："不是。"

然后他也笑了，他的双手拉着她的双手在身侧展开，她的胳膊和腰还是那么纤细。

163

"你真漂亮。"

她笑出来声："看看清楚我是谁，我不是今天新认识的小妞，你不必用这样的赞美来追求了。"

"呀，失策失策。"他也笑着，可是仍然没有松开她的手。

陈白露在原地站着，把手伸着让他握住，等待她意念中存在许久的那阵眩晕来袭——分开两年了，她无数次想过他们重逢会在什么地点场合，如果他再靠近她，或者握住她的手，她是一定会感觉到一阵眩晕的，说不定还会哭出来，这是她多么深爱又无奈失去的人，这是她唯一的爱人，她比读者与观众以为的都要爱他，甚至要离开一座城市来忘记。

可是那阵眩晕没有出现，她也没有战栗，当然更没有哭，这真是奇怪。

比地球突然失去引力，比北京一年有了三百个蓝天还要奇怪。这不科学，她在心里想，可是事实是她的确只感到一阵故人重逢的温暖。

仅此而已。

啊……她微微笑着，心里有了一个可怕的念头，这个念头初冒头的时候是把她吓了一跳的，但是它的声音越来越大，她反而安心下来。

"你还像从前一样好看。"他又说，"像我第一次见到你一样，那天也是在梦会所吧，你从楼梯上走下来，你穿着红色的衣服是不是？你和每个人都打招呼，可是你根本没有正眼看一个人，我当时站在窗帘边看着你，连你的长相也看不清楚，可我觉得你一定很好看。"

她只是看着他笑。她知道他描述的是哪一天，她的记忆和他一样清楚，但是她没有告诉他的是那条红色的裙子下面覆着一双金色的高跟鞋，鞋子很昂贵，但是太旧了，修补了无数次，鞋底上都是补丁。

啊……她顺着他的描述都想起来了，那间狭小的总是漏水的公寓，那寻欢作乐的不知未来在哪里的日子，那关于金钱、事业和婚姻的懵懂的稚拙的设想，那些犯过的错误、走过的弯路、错失的机缘，就像梅花无声地落满了东南西北山。

"在上海生活得好吗？"

"好。"

"一切都好？"

"都好，只有一个烦恼。"

"是什么呢？"他皱起眉头。

"我不知道如何打发剩下的五十年。"她笑着说，分不清是真是假。

"时间很好打发的，你可以去找个工作，护士、英语老师、房产经纪什么的。"

"哈哈哈！"她大笑起来。

"我开玩笑的。"

"差不多，我现在在一家游戏公司的美术部工作。"

他也笑。

"是真的呀。"

他瞪大眼睛打量着她。

"真的，我还是美术部的加班小超人呢。"

"哈哈哈！"他大笑起来，"真不错，你变成了我不敢认的样子。"

"什么样子，好的还是坏的？"

"不是好的坏的，是新的。每次我从别人口中听到你的名字，你都在过着不一样的生活，你一直在往前走，这样真好。你走得真快，而我还在原地，我追不上了。"他笑着看着她的眼睛，又说，"我爸爸把公司给我了，他年纪大了，应付不来，我以前太叛逆了，总觉得这些都是身外之物，都是束缚，拼了命地想逃离，不过现在知道人不只有自由，还有责任。"

陈白露的嘴角向下垂了一垂，看上去像一丝不自然的抽搐，不过只有她自己知道，铺天盖地的难过正在涌来——总有意识到人不只有自由还有责任的那天，总会长大，她离开他的时候就知道会有这天，从未怀疑和动摇过；只是她没赶上罢了，只是她最好的年华、最深的爱恋，都变成了炮灰，用来陪葬他天真的自由罢了。

如果今天才是他们第一次见面呢？

时间总是错的。

她说："你知道就好。"

她停顿了一会儿，又说："现在轮到我想要自由了。我这次回来是想和你告别，是的，我们已经分手三年了，可是我们从来没有正面地谈过这个问题，我想亲口对你说，我终于要向前走了。我不会再迎合谁，为了什么前途或者金钱的目的向我不喜欢的人笑，也不会再成为谁的情人了——你不用露出这副难堪的表情，那些传言我都听到过，我知道你也听到过——我也不想再成为一个什么人，一个在影视剧本的人物小传里闪闪夺目的人，不，我不想再成为那样的人了。也许许多爱慕陈白露小姐的人要失望了，可这是我的人生，我不要表演给谁看，我只想自由自在地生活，在一个不太冷的城市，柴米油盐，人间烟火，和小时候不一样的是，我现在终于不再害怕成为一个庸俗的人了。"

6

上海，宋先生把车停在路边的空地，向着夕阳奔跑。

静姝那通语焉不详的电话让他很是担忧，他想象不出早上还活泼地吵闹的女儿到了傍晚就会生出什么可怕的急病。一千米的路，他身上的汗水把衬衫都湿透了，头顶冒着白气，扶着门外的把手干嗽了好几声才有力气敲门。

只敲了一声门就开了，静姝站在门里，还没来得及说上一个字，他就冲了进去。王詹姆在客厅的沙发上坐着，他愣了一下，然后朝楼上跑。

静姝拉住他的袖子："Grace 还在长沙没有回来。"

宋先生扶着楼梯直喘气，"到底怎么回事？"

"老宋，跑吧。"王詹姆站起来说。他白胖的脸上两个黑眼圈，看上去精神不佳。

"广州抓了好多人，我得着信儿了，你也在名单上。不敢打电话，只能把你叫来当面说。"王詹姆因为太胖，嗓音都呼哧呼哧的，"罪名是恶意做空。"

"这他妈还分善意恶意？"

没有人回答他，静姝和王詹姆只是看着他。

王詹姆说："事到临头就得摆平，至于为什么，以后有的是时间慢慢想。"

168

"不去，我哪儿也不去，就在上海待着。想抓我来上海抓，我还想请教呢，你们谁是善意做多的？"

"你为 Grace 想想吧。"静姝开口了。只这一句，宋先生就冷静了下来。

宋先生问王詹姆："你从哪儿得来的信儿，准不准呢？"

"反正是有人偷着跟我说的，这里面三四层的关系呢，一时讲不清楚，总之人家心意送到了。"

"我不是不信，就是觉得蹊跷，我也不是特别招摇的，一向怎么低调怎么来，广州那几个我知道，都是生怕别人不知道自己干吗的，幌子都刻在脑门上，不出事才怪——按理说轮不到我呀。这里面有小人。"宋先生从楼梯上走下来，在客厅里一圈一圈地走着，静姝拉过一把椅子来他也没坐，"是老于干的吧？"

王詹姆没说话。

"你也觉得是老于吧？"宋先生压低声音。

王詹姆说："要说弄倒了你，谁得利，那自然是老于。"

"就是他，妈的，"宋先生恨恨地骂，"扮猪吃老虎，在瑞士还低头服软……妈的。"

"你在瑞士见到他了？"

"哼，岂止见到，他还——"

王詹姆和静姝都看着他，但是他看看静姝，把和陈白露有关的那段隐下了。

"这事没完。"他最后说。

"咱们都记着，可是，得留得青山在呀，老宋！"王詹姆的眼睛湿湿的。

他终于在静姝拉过的那把椅子上坐下了。"周末吧，公司里还有一些事我要办完——别说了，没有那么紧急，我心里有数。"

　　他没有说出口的是，他还想等陈白露从北京回来，把那天没说完的话说完。

　　然后他抹了抹额上未干的汗水，拖着脚步走了。

　　第二天，陈白露还没有回来，说是珠雨田遇到了一些搞不定的事，她要多留两天帮她一个忙。

　　"……她也不是小孩子了，有什么事让她自己处理好不好？"宋先生在电话里哀求。

　　"咦，上海有什么事吗？"

　　"没有，没有。你还要在北京待多久？你不会要把从前的朋友都见一遍吧？"

　　"不会呀……"

　　曼迪在门外探头探脑地敲门，咚咚咚。宋先生没有理。

　　王詹姆推门进来，手里拎着一个大号的行李箱。

　　"静姝给你收拾的东西，明天中午的航班，不能再拖了。"

　　宋先生站起来走到窗子边，对着电话说："不管有什么事，你明天回来好不好？坐早上最早的飞机。我马上要出差了，去美国，或者加拿大，走半年。但我走之前想见你一面，记得吗，还有话没说完。"

　　"……怎么要走这么久？"

　　"是，记着，明天最早的一班飞机。我让秘书给你订票，你等着收航班信息就好。"

宋先生挂了电话，转过身来看着王詹姆。两天未见，他仿佛也老了很多，眼袋松松地垂着。

"去静姝家吧。我今天没有办法一个人过。"

7

Grace 在这天中午时分被送回了上海，她在外婆家被宠溺得无法无天，因此对突然中断的暑假表示十分不满。她从一进门就嘟着嘴，当静姝告诉她是因为爸爸要出一个很久的差才把她接回来见一面，Grace 鼓着两腮说："我不要见爸爸！"

静姝一个耳光把她打到一边去。

因此宋先生进门的时候，Grace 是不大高兴的，她勉强让爸爸抱在怀里掂了掂，就嚷着困了累了，爬上自己的小床再也不肯下来。

宋先生俯下身，在她的小脸上亲了又亲，亲了又亲。

171

我的全世界，我最珍贵的宝物。宋先生在心里说。

"跟爸爸说再见好不好？"

Grace 翻过身去，留给爸爸一个扎着小辫的后脑勺。

宋先生在这间粉色的房间里站了很久才走出去。静姝就在门口，眼睛已经肿了。

　　她抱着他，很久也不撒手，他的胸前渐渐冰凉起来，那冰凉又迅速向四周蔓延着，她抬起头，泪水涟涟。

　　王詹姆从厨房里端出三碗饭，他们都吃了一点。这时夜还不够深，三个人无言地坐了一会儿，静姝去书房里拿出一副扑克牌，笑着说："我们玩牌吧。"

　　宋先生打起精神来说"好"，王詹姆也说好，不过讨论起来，他们会玩的她都不会，她会玩的他们又嫌没意思。三人争了一会儿，做出的决定是王詹姆和宋先生先教会静姝他们的玩法。这套规则很复杂，还要用到不少数学知识，只懂得研究敦煌文字的静姝觉得力不从心，撑着额头，嘴里念念有词地计算着，像一个认真备考的学生。

　　宋先生笑了。他想起二十多年前他带着高中的女朋友和王詹姆打牌，数学很厉害的女友和计算机逻辑很厉害的王詹姆总是把他打得很惨，他的零用钱飞快地输光，被派去买汽水和雪糕。

　　一去不复返的少年时光。那时候他还不知道后面有这么多的好运气和坏运气在等着他。

　　"我们玩到天亮吧。"静姝说。

　　他们说好。宋先生又开玩笑地说了一句："要是天一直不亮就好了。"

172

无论他怎样在心里祷告，天还是亮了。窗外的树枝上有鸟开始叫了。

静姝从铺在地板上的坐垫上站起来，眼里布满血丝，眼窝深陷着。她整夜都在输，后来王詹姆和宋先生有意放水让着她，然而她只有越输越凶。

王詹姆说："等下要去机场了，你要不要睡一下？"

宋先生没说行，也没说不行，他既不清醒，也不困倦。

他走去洗手间洗了把脸，再出来的时候，王詹姆倒在沙发上合着眼睛说："我也不困，我就躺一躺。等会儿我开车送你去机场。"

然后他打起鼾来。

静姝背对着他，把两张扑克牌在地板上反复地移动着位置，念了一句什么，翻开一张。

"卜卦呢？"他小声在她耳边说。

"给你卜了个好卦。"她回过头来，惨淡地一笑。

他们整夜都开着电视机，像是有一点人声做背景就不那么凄凉了似的。电视机这个时候开始放早间新闻，播音员字正腔圆地说着"北京昨夜遭遇罕见大雨，凌晨方停……"

"糟。"他说了一句，看着屏幕里漫天的雨幕，敞开的井盖周围安放着警示灯，积水卷着湍急的漩涡渗下去。所有的马路都堵死了，首都机场积攒了不知多少等待起飞的航班，暴躁的乘客挤满了候机厅，每一根柱子下面都坐着睡着了的人，好像春运时的火车站一样。

还有六个小时，他去加拿大的飞机就要从虹桥机场起飞了。北京这样的天气，除非陈白露从虫洞里穿越过来，否则是见不到了。

中午时候，宋先生亲了静姝，又亲了 Grace，没有过多的流连，流连只会使担忧的人更担忧。王詹姆送他去机场的路上莫名地畅通——也许从前也是这么畅通的，只是他们今天心境有异，看什么都觉得反常，连天也是过分地蓝，连鸟也是过分地安静，连机场大厅也是过分地明亮，负责托运行李的地勤笑得过分地甜。

一切顺利。宋先生把证件递给玻璃窗后面的边检小姑娘，姑娘长着一张大气的方脸，剑眉星目，看看证件又看看他。

姑娘沉默着，低头看看证件，又抬头看看他。如此重复了好几次。

他心里陡然明白了，这时候也不必再有什么侥幸心理，直觉就是一切。

他转过身去，看着大厅的另一头走来两个肩膀宽厚的理着平头的男人，他一眼就能看出他们是什么人。他在原地站着，心里平静得很。

"让一让好哦？"排在他身后的一个满头金棕鬈发的阿姨一脸不满地对他说。

"对不起。"他礼貌地道着歉，把通关的队伍让出来，那两个男人就走到他面前了，他们面无表情地说：

"宋先生，你不能出境。"

他在一个没有窗子的小房间里不知道坐了多久——实际上并没有多久，最多不过一个小时，没有人理他，也没有人进来过，好像他被遗忘了一样。

这样枯坐着，他干脆站起来，猛地拉开紧闭着的门——

这时候倒有一点侥幸的心理了，也许他们真的忘记他了呢？也许门外没有守卫呢？那么他会拔腿就跑，穿过机场的人群，跑上高架桥，一路跑回长乐路去。

门外有很多人……他们都穿着制服，手背在身后，层层守卫着。

他们都看着宋先生，许多双眼睛。

"……请问，"宋先生像毫不惊慌一样问着，"北京的雨停了吗？"

他们沉默了一会儿，为首的一个看着他说："停了。"

他不知道是真话还是假话，但是不能第二次发问。他关上门，重新坐在小房间里的那把椅子上。

后来他猜测他们是在等一个话事人。因为终于有一个年纪大些的穿着制服的人走进来说，要带他去一个地方配合调查。

他很顺从，要他去哪儿他就去哪儿，他的黑脸膛上看不出一点喜怒，他想，你们想看我害怕，不可能。

他个子太高，比穿制服的人高出许多，因此他们一左一右地挟着他向外走，他也不显得特别狼狈。

他们要穿过机场大厅，外面有车在等。

外面是最晴好的秋日下午，一走出没有窗子的小房间，就透过机场大厅宽阔的落地窗看到外面排列整齐的飞机和白花花的阳光。

还有许多刚刚落地上海的人，不停地与他擦肩而过。

宋先生在这时看到了陈白露。

她裹在那些行人里，头发蓬着，行色匆匆。她穿着白色的T恤和黑色的短裤，像个准备春游的学生，她背着的浅蓝色双肩包，靠近上面的一半湿透了，变成了深蓝色，裸着的小腿上一排泥水的印子，这都是北京残留的雨迹。她的脖子僵硬地向前探着，好像这样能走得快一些。

她拨着电话，挂掉，再拨。宋先生知道她是在找他，可是他的电话在边检时就被拿走了。

他没有叫她，只是看着，只是看着，她的侧脸，光洁的额头，鼻梁高耸，这是太平景象中的苍凉的一瞥，是盛世里的乱离人。

番外 Episode

凌馨

人生也许根本就没有可以歇脚的地方，
像飞过大洋的鸟，
只有不停地扇动翅膀而已。

○

1

凌馨做起大明星来也不过两三年的光景，这两三年的时间，她赚了很多钱，拥有很多陌生人的爱慕，且扎扎实实地拍了几部艺术水准很得意的戏，无论财富还是履历都算是很好的了。

一个女演员在 29 岁的年龄把自己经营到如此地步，一面靠父母给了好容貌、好身材，一面也多亏了所谓的运气。现代社会崇拜个人奋斗，因此不大讲命运，可是一个人有了很好的结果，回头看去不过是做了许多个正确的选择，选择的次数越多，全部答对的概率便越微小，有些正确答案是蒙的，有些在短时间内被验证是错的，不过时间最终将幸运儿引领到她想要到的地方，凌馨便是这样一个幸运儿。

同类型演员挑剩下的剧本,片方不得已请她演,一上映就是票房黑马;被负面新闻抹黑的男明星众叛亲离,把自己锁在房间里不肯见人,只和他有一面之缘的凌馨带着早餐执着地敲了半个小时的门,待这人几年后重回一线,每接戏必推荐她。

这些琐碎的八卦在凌馨成名后被她的粉丝拿出来咀嚼,赞美她有艺术的审美,同时拥有不落井下石的美德。凌馨在网上看到这样的留言总是觉得羞愧,因为前者是她困窘得房租要交不起,有戏找来当然接下,后者则是出于朴素的善良。如果说被运气钟情有什么诀窍的话,也许就是像凌馨这样,保持有意或者无意的天真。

凌馨也是表演系科班出身,不过不像北影中戏那些女孩一样从入学起就有无数经纪公司和好剧本找上门,她读的是沿海一所综合性大学里的表演专业,这个专业的开设大概只是为了平衡学校中的男女比例,平台资源几乎是零,教师的水平也是很一般的。读到大三,课程已经稀稀拉拉不剩几门了,班上的同学也知道进娱乐圈无望,有的投了简历做文职工作,有的干脆结婚去了,凌馨试过一个古装戏的女六号之后签了合同,她在本校读物理专业的男朋友送她上了去北京的火车。

那个男朋友,凌馨多年后还有些印象,记得他个子很高,左边眉毛上有一块青色的胎记，还记得他一天中有十几个小时是在实验室度过的，以及他会在涨潮的清晨带着凌馨去海滩上捡小螃蟹，然后用宿舍里的电磁炉煮着吃。这个男生因为交了一个表演系的女朋友而成为物理系最风光的人，可惜凌馨现在已经想不起他的名字了。凌馨走出北京南站后打了一辆出租车去通州的影视城，那部电视剧拍了三个月，她的戏大多是夜戏，因此白天总是在睡觉，这人为的时差使她和物理系男生几乎失去了联系，然后他们很自然地分手了。

像每年出产的大部分剧集一样，那部电视剧压了许多年也没有卖出去。凌馨在北京住了一年，零碎地扮演过几个出场了一两集的小角色，没有戏演的时候便拍一拍广告。在广告里，她或者做成功白领状惊喜地扑进十五元豪华午餐，或者做孝顺女儿状贴心地给老父老母倒牛奶，她不适合在剧集里哭哭啼啼，却擅长把这些浅薄的小快乐演得很美。

她渐渐成了广告圈里的红人，薪酬也涨了不少，她从一个缠满爬山虎的老旧小区里搬出来，搬进许多小明星聚居的一个公寓楼，新家是小小的一室一厅，月租3500块，比旧公寓多出2000块。她是在旧公寓的合约期还没有到的时候退的租，中介小哥扣下押金，打电话给房东说可以来收房了。凌馨这时封好了最后一个纸箱，只等搬家公司的面包车到了，便随口问中介这房东不是早就举家搬离北京很多年了吗？中介说这家人的女儿来北京读大学了，刚刚来了一个月，等一下要来的便是房东的女儿。

那天的交通不知道出了什么状况，搬家公司的面包车和房东女儿都迟迟不到，凌馨便和中介各坐着飘窗的一个角，没什么话可说，只盯着这收拾一空的房间出着各自的神。

这是一个二十多年前建的小区，只有四五层楼，厚实的爬山虎把红砖墙都遮蔽了，有些枝条在窗子前弯弯绕绕，因此傍晚照进来的阳光也是斑驳的。

三个纸箱和一个拉杆箱堆在墙边，洗手台被凌馨用刷子沾着牙膏刷得白白的，木色茶几用细布擦了两遍，空间虽然局促，却因为干净而显出莫名的空来。一米见方的地板方砖不知道是什么材质，十分吸水，有一次凌馨打翻了一碗蔬菜汤在地上，待手忙脚乱地扔了一团纸巾在上面，已经渗得只剩下一团水渍了。后来不管她怎么处理，那里永远有一个深色的圆圈。也不知道这房东女儿凶不凶，说不定要跟凌馨计较起来呢，因为这房子虽然老旧，陈设却是十分干净雅致的，那些旧家具的款式和配色常令凌馨猜想它的旧主人也一定是非常风雅的。

门铃响了。中介小哥撑着额头的手一抖，整个人几乎从飘窗上跌下去，他是快要睡着了。他东倒西歪地跳下去开门，满口"您来啦"地招呼，凌馨伸着脖子朝外面看去，只见一个瘦肩膀在门

182

口一闪就拐进了洗手间，然后是哗啦啦的水声，只听那女孩说："我先洗个脸吧，今天可是有点热。"是脆生生的嗓音。

凌馨也觉得热，暮春的傍晚，墙壁也是温的。她于是也跳下飘窗，站在洗手间的门口叫："姑娘！"

北京人喜欢这么叫年轻女孩，一开始，南方人凌馨还不习惯别人这么喊她，以为有轻薄的意思在里面，时间久了才知道这是个百搭的称呼，可亲昵，可客气，可尊重，当然也可以轻薄，有时候还带一点风情，全看这两人是什么关系；这也是个极安全的称呼，不确定对方年龄的时候，即使已经三十几岁了，称姑娘也是可以的。那背对着她洗脸的姑娘应声转过身来，额发全打湿了贴在脸上，两颊上滴着水。

凌馨说："姑娘，我当面交代给你最好了，空调从去年夏末就坏掉了，请师傅来修过，师傅说毛病太多，不如换一个新的更合算，我本想着今年入夏再换呢。所以现在它还是坏着的。跟你说一声吧。"

时隔六年，凌馨已经不记得那个姑娘说了什么，只记得她脸上滴下来的水洇湿了白衬衫的前襟，白衬衫因此变成透明的了，它贴在她白而细瘦的肚子上，那透明还在不断扩大着。然后门铃又响了，搬家的师傅终于来了，几个大汉抬着方形的纸箱子下楼，凌馨跟在师傅身后拖着拉杆箱匆匆离开了。

　　凌馨再一次见到这个女孩便是六年之后，在一个小电影院的门口，路灯下她的影子很长，有丁香味道的晚风吹来，白衬衫飘起一半衣襟，露出白而细瘦的一段肚子。北京人叫姑娘，上海人叫小姐，于是凌馨叫了一声"小姐"，她却冷着脸，拉着珠雨田的手离开了。

2

　　六年了。凌馨从一个跑龙套的广告演员变成很有名的广告演员，又捡漏儿似的演了电影，电影意外地卖出了许多亿的票房，然后她的电话被打爆了，她接了许多许多戏，变成了大明星。

　　这六年里，凌馨已经忘了那个一面之缘的房东女儿，不知道她后来有了极多种名声，有人说她是只和富豪结交的，有人说她在富豪手中要了很多钱，有人说她其实也和富豪谈感情的，有人说她是百般努力要嫁给有钱人家的公子的，有人说她确实和其中一个谈过很久的恋爱，有人说那不是恋爱，这样的人怎么会有真心，反驳他的人便说凡是人都是有真心的，即使是陈白露小姐。

　　虽然同在北京，这些花团锦簇的热闹，凌馨是一点也不知道的，她们在同一个城市里讲着各自的故事，大约在陈白露和陈言分手的同时，凌馨结婚了。

184

凌馨结婚的时候24岁，不算晚婚也不算太早，一切都刚刚好。

　　先生姓徐，刚满30岁，家境不错，在南方北方都有做钢材的工厂，老父亲在南方坐镇，北方的生意便由这位独子打理。徐先生人长得文弱，一米七的凌馨如果穿上高跟鞋，徐先生的头顶便只齐着她的眉毛；如果穿平底鞋呢，徐先生的绝对身高是和凌馨相同的，但心理上仍然觉得女方更加高挑。

　　除了身高也许算作一个缺陷，徐先生算得上完美了：他的相貌虽然不能同与凌馨搭戏的男演员相比，在普通人里也算得上俊秀了；虽然依托家里的企业，但他的经营本领比父亲只有更强，有不熟悉的人以为他只是会投胎的富二代，那是大大的误会了；他讲话的声音是不大不小的，话不多也不少，凌馨叽叽呱呱说得高兴的时候，他会在最适宜的地方接着她的情绪补充一句，凌馨不想说话的时候，他便讲今天在公司里遇到的有趣的事给她听；他在朋友中人缘很好，那些人有和他一样的生意人，也有做医生的、做雕塑家的、开网店的、在盗版碟店收银的，他从不在乎出身，只要人品正直、聊天投缘便都是朋友；他还有一手好厨艺，说是读小学的时候父母刚刚下海办工厂，常常忙得忘记回家，他点着一只小蜂窝煤炉子煮萝卜和鸡蛋下饭吃，聪明的人学任何事都比别人快些，家里的厂房还没建完，9岁的小徐同学已经会给自己做宫保鸡丁了。

　　嫁了这样一位又殷实、又正直、又体贴的丈夫，凌馨觉得人生可以在 24 岁结绳记事，前面是一个人的快乐生活，后面是两个人的快乐生活，两个月后凌馨发现自己怀孕了，那么便是三个人的快乐生活，人数是在变的，不变的是快乐。

凌馨总是这么高兴，脸上总是带着广告里的塑料笑容，那笑容搭配着她的娃娃脸和跑跑跳跳的长腿，旁人看了，无人不羡慕这个女孩像她拍的广告里一样快乐，这一定是她前世非常积福，今生又很有智慧的缘故。

凌馨只觉得自己幸运，因为她和徐先生的相遇实在是一场偶然。那天她拍一个啤酒的广告，导演是相熟的，搭档是合作过很多次的，拍摄是顺利得提前几个小时便结束的。和众人鞠躬告别后，男搭档早就背着背包蹿出去约会，导演喊道具组收拾东西，道具组的许多人从外面走进来，都把 T 恤的袖子卷到肩膀上，大摇大摆的，吸着烟哼着哈着开着玩笑，只有其中一个是安静的，即使在暑热的七月也穿着全套的亚麻西装和灰衬衫，个子不高，却有一种严肃的轩昂，凌馨忍不住多看了他一眼，只见他拿起桌子上做装饰用的一个一尺高的陶塑，在手里略摩挲了一下，便交给身边一个浓眉厚嘴唇的司机模样的人，那司机手里端着一个黑盒子，打开，里面刚好凹出陶塑的形状。

"这个玩意儿是你的吗？"凌馨随口问。

徐先生抬起头，面前一张过于浓艳的脸。那妆容为了在电视上好看才扑了许多高反光的粉，可是放到现实里，只觉得这姑娘脸上装了许多小灯泡似的，眉骨鼻骨和下巴都闪呀闪的。在别人看来，这明亮的脸可是有一二分滑稽，而徐先生只觉得一片光芒，不只来自她的眉骨鼻骨和下巴，而且她整个人都发着光，他不敢直视，更不忍把目光移到一边去，于是微扬着头看着她。

服装助理来了，胳膊上搭着一大摞群众演员的衣服，笑嘻嘻地站在一旁对凌馨说："小凌，您的鞋子得还给品牌了。"

这个"小凌"就站着，一只手撑着桌子，另一只手把两只高跟鞋脱下来，助理接了鞋子蹦蹦跳跳地走了。凌馨光着脚站着，看着影棚另一头的更衣室发愁地笑。

凌馨自己的那双人字拖由徐先生去更衣室取了来，现在他们可以平视对方了。徐先生说导演是他的朋友，向他借了这个雕塑来布景，凌馨便说他亲自来取回雕塑，想必很贵重了，徐先生只是微笑，并不回答，也没有趁机吹嘘它的价格。凌馨于是把那个还没收进盒子里去的陶塑拿在手里反复看着，是为了看出它有什么特别的地方——也不过是很平滑，可雕塑哪里有不平滑的呢！她不甘心，于是又从头摩挲了一遍。

此时的凌馨是为自己缺乏艺术的审美而羞惭的，北京明明有那么多好的博物馆，可自己每天都忙着一个又一个地接广告，竟然没有抽出时间来学习。而在徐先生看来，只当她是爱不释手，

187

当时便说："那么送给凌小姐了。"

凌馨当然不收，也知道是自己握着不放惹人误会，脸立刻红了，不好意思地把陶塑放进盒子里去，偏又没对准那凹槽，盒子在桌角晃了两晃，便在一片惊叫声中掉在地上，里面的雕塑碎成了一千八百片。

啊……凌馨吓得险些哭出来，连导演脸色也变了，气呼呼地看着她，又给徐先生赔着笑。凌馨惊了一秒钟后反而镇定了，心想凡事都有个价格，就当是不小心烟头烫坏了《清明上河图》又怎样？也只有认了。从此拍一辈子广告赔他，能赔多少算多少吧。心这么一横就不害怕了，蹲下身去捡那白花花的碎片，手腕却被握住了，凌馨抬起明晃晃的脸，徐先生说：

"当心扎到手指……"

半年以后他们结婚了，婚礼定在领证之后两个月，地点在大溪地的一个小岛上。然而婚礼最终没有办成，因为婚后不久凌馨便怀孕了，徐先生不许她奔波操劳。发现自己怀孕是一场猝不及防的惊喜，凌馨的大脑空白了一会儿，就像什么也没发生一样出门开工了。那天的拍摄任务是一场水下的广告，十月中旬的北京，室外已经有些凉，她穿着比基尼站在泳池湿滑的边沿上，眼睛一闭就跳了下去。

当天晚上徐先生来接太太收工，凌馨在车里把怀孕的消息告诉他，然后徐先生发了他三十年来最凶的一场脾气。因为他赶到片场的时候，凌馨正披着毛巾，浑身湿透地等着换一场布光。他隔着人群看着她，高高的个子，小小的骨架，整个人看上去像一片冷得发抖的叶子。

那光也许布了五分钟，十分钟也有可能，不过在徐先生看来像度过了一个漫长的深秋，仿佛叶子落尽了，大雪下来了，你们都穿得暖暖的，而我的老婆这样湿淋淋地抖着，如果不是顾虑她因此背上不能吃苦的坏名声，他真想推开这群慢手慢脚的笨人，把自己的西装外套披在老婆身上，可是他不能，于是看着凌馨在新布好的灯光下扔掉毛巾，鱼一样地钻进了泳池里。

原来她这个时候竟然是怀孕的，徐先生满心恼怒，家中不缺这口吃的，这工作是万万不能做了。徐先生当时便在车上这么告诉凌馨，凌馨想要说什么，想起他刚才发脾气的样子又咽了下去。

当天晚上她把自己关在书房里打了一晚上电话，因为她未来半年的工作都签满了，违约金倒不是问题，可有些广告是客户指定非她不用的，哪怕换个天仙也不行；有些广告是最近几天就要拍摄的，紧急地换人，也难找到合适的。凌馨边打电话边在心里难过，她觉得自己这两三年积累的好名声和好人脉在一夜之间都毁了。

然而走出书房，看到徐先生在灯下向保姆交代孕期的饮食，

189

他去片场接她穿的那件西装还没有脱下来，后背有一点皱了。保姆是跟了徐先生五六年的一个老太太，最近在学绍兴菜，为的是讨好她的口味。

敞着的厨房门里，一只小奶锅发出安静的咕嘟声，好像有一点水汽漫起来了，凌馨突然在这似有还无的水汽里红了眼圈，半是温暖半是决绝，就，从此退隐江湖，相夫教子，也还不错。

从 18 岁读了表演系开始，凌馨就忘记了吃一餐饱饭是什么感觉，面食是绝不敢碰的，米饭是数着粒数往下咽的，猪肉尽量不吃，牛肉和鱼虾可以吃一点，也仅仅是一点，大部分时候和胃里的大部分空间是由白水煮菜填充的。那嶙峋的骨感之美是后天雕琢的，只不过雕琢的时间太久，好像那骨感是天然的，吃不饱饭也是天经地义的，直到这天经地义被怀孕的现实打破。凌馨压抑了整个青春期的食欲像火山一样爆发，一开始，徐先生很喜欢她胃口这样好，况且增重一些对她自己和小孩都有好处，然而两三个月过后，如此疼爱老婆的徐先生也要斟酌些委婉的词句，劝她节制饮食了。

她像吹气球一样胖了起来。这是受虐多年的胃在报复吗？无所谓了。能够痛快地吃饱是多么奢侈的福气啊！把头埋在一碗猪油渣拌饭里的时候，全世界都像加了暖色调的滤镜一样温情脉脉——

猪油渣用五花肉熬，不能太焦，带一点瘦肉的口感。拌好饭再撒一把芹菜末，芹菜先在冷冻室里冻上一小会儿，咬在嘴里像小冰碴一样又脆又凉，然后再咬一口又油又热的拌饭。

还有霉干菜蒸肉，有一个专门用来盛放它的盘子，底座可以加温的那种，因为霉干菜要吃滚烫的。

醉鸡的蘸料里要加麻油和青红椒丁。

河虾排骨面好吃的诀窍呢，是多多地放河虾和排骨。

除了这些家乡味道，凌馨发现她的口味变得像她的体重一样宽广了，在北京住了这几年，她也许多次在朋友们的聚会上看到吃火锅的麻酱碟，不过她对这碗水泥似的怪东西向来是看也不愿意多看一眼的。然而孕中陪徐先生吃过一次之后，那带着一半脆骨的羊肉片在开水里滚成褐色，再蘸上一点点芝麻酱，香得如同秋风卷落叶，是一点迂回也不屑的直接。从此家里的餐桌上总有一只铜火锅里滚着羊肉。

四月里下着大暴雨的一个早上，凌馨生了一个粉白粉白的女儿。女儿生得长腿长手，是遗传了母亲的身材，在蜡烛包里歪着头睡着。仗着年轻的优势，当天晚上她就下地走动了，窗子打开来，雨后的空气鲜嫩嫩的，圆月亮黄得透亮，薄薄的云彩像纱一样飘过。

凌馨忍不住又想，她真是幸运极了，所谓岁月静好便是这一刻的感受了，并且它将延续下去，一直到女儿长大，他们老去，她和徐先生并肩坐着轮椅，看着晚霞下的海滩，感恩他们多年前那次偶遇。

徐先生已经两天没有回家了，事实上在怀孕的后期，徐先生回家的时间越来越晚，有几次她听到卧室门把手被轻轻扭动的声音，会惊得从睡梦中醒来，四肢僵硬得不敢动，因为还以为是在自己独自租住的那间一居室里，有什么人破门而入了。等她的意识流回身体里，听着自己因为怀孕和肥胖而涩滞的呼吸，在夜灯昏暗的灯光里看清这比她旧公寓还大的卧室，还有晚归的丈夫坐在床边摆弄手机的背影，她才回想起来几年的时间已经过去了，她是已经同过去决绝，要开始相夫教子的新人生了。

她一点也不怪他在外流连太久，因为他之前花了太多时间在家中陪她，生意上大大小小的事都拖着，有一家分公司趁机做了假账，闹了好大一笔亏空。

当然是做假账的那人不对，除此之外，徐先生的管理也有疏忽，这件事无论怎样也怪不到凌馨头上，可是凌馨总是莫名觉得愧疚，似乎徐先生的疏忽是因为分了心给家庭的缘故，又怪自己别说分忧，连那些生意上的名词都听不懂。

徐先生喜欢太阳光自然照进卧室的感觉，因此窗帘总是留着半扇不拉，此刻玻璃窗上已经映出了点点的灰白色，天快要亮了。

凌馨翻了个身，从后面抱住徐先生的腰，徐先生便俯下身来亲一下她的头发，一句话也没有地换上睡衣睡下了。

待到凌馨中午时候起床，家里又只剩下她一个人。保姆也许一刻钟后从市场回来，提着今天要喂给凌馨的肉和菜。凌馨想起已经很多天没有和徐先生有过一句交谈了，这实在是不大好，也许是要好好谈一谈的。心下盘算着今晚要等到徐先生回家后再睡，厨房里又飘起开水翻滚葱段和姜片的声音了。

蹿着火苗的铜火锅端上来了。点着一两滴腐乳汁的麻酱碟端上来了。她爱吃的带着脆骨的羊肉片和每日不重样的小菜一一上齐了，又是岁月静好的一天，无限满足，无限饱暖，当天晚上她又早早地睡下了。

3

这也许不是最后一次挽救婚姻的机会，这样的机会有多少，谁也不知道，只知道凌馨把它们一个一个地错过了，她甚至没有意识到婚姻是需要挽救的，不，她连婚姻是需要维系的都不知道，这不是什么高深的道理，不懂就是不懂。

这天夜里两点钟，陌生的电话号码打到她的手机上，问她"还耗着不离，到底想分多少家产"，她告诉人家"打错了吧"，然后

193

翻身睡过去。梦境也是连续的，梦到的是她怀孕的时候，肚子大得像吞了一个气球，徐先生带着她在大溪地他们办婚礼的酒店度假，长长的白纱飘着，又像婚服又像云朵，光那么柔，风那么暖，她抱着肚子在沙滩上跑，越跑越觉得轻松，低头一看，肚子已经平了。于是在梦里喊起来："我的孩子哪里去了？"梦里是喊得很大声的，天地苍茫，海水无边，只有这一句来回地响着，醒来却发现哪里有大喊，不过是嘴角抽动的呓语，连在厨房里给徐先生准备消夜的保姆都没有听到。

　　虚飘飘地起床看孩子，白漆的小铁床，围着草绿的围栏，上面罩着的白纱是长长地垂地的，正是梦里的样子。女儿在里面睡着，因为穿得太多——保姆总是给她穿得太多！——小婴儿睡出了两团高原红来。凌馨把小床朝大床的方向移近了些，心里好笑地想着：孩子是不会丢的，老公却不见了。

　　这样一想，耳边突然回响起那个电话，头上轰地出了一层汗。

　　这悠长的反射弧。

　　并不想拨回那个电话去，握着手机发了很久的呆。还打开椅子上扔着的一台笔记本搜索了那个号码，因为心里有着一线希望，也许网页上的搜索结果会告诉她那是一个诈骗电话。

　　什么也没有搜到。拨回去，嗓子干得说不出话来，床头有半杯水，是给醉酒晚归的徐先生准备的，拿起来润了一口，她想着这个女生一接起电话来，她要先问清楚名字和职业，可是徐先生的声音在电话那边响起来……

然而睁着眼睛熬到天亮，听到窗外有人声了，有车声了，有工地上施工的声音了，第一件事是打给以前合作过次数最多也最愉快的广告客户：

"最近有广告要拍吗？"

分手如失业。

人家说："请问您是？"

小孩哇的一声哭起来……

保姆去买菜了，外面雇的隔天来做一次工的保洁刚刚离开，地板上还有水珠，敞开的窗子吹着满室淡淡的消毒水的味道。一碗红豆混着大米熬的粥放在厨房的洗碗台上，一张薄薄的葱油饼和一小碟浇了红油的菜丝。粥是冷的，蛋白的边缘已经发了黄，这是昨夜给徐先生备的夜宵，搁在这里是准备一会儿扔掉的。

凌馨不觉得难过，只觉得饿，四下看去却找不到放餐具的盒子——餐具还能收在哪里呢？都怪她很少走进厨房。掀开电饭煲，里面果然有一柄平平的竹铲，拿来挖着那碗凝固了的粥吃，红豆冷了更软糯，大米也弹牙，她一口气吃掉了一大半，好像以前竟然没发现一碗粥如此美味似的；红油菜丝裹在葱油饼里卷上，有小孩的手腕粗，两口便下肚。饱嗝一个接一个，拍着吃圆了的肚子，门开了，是保姆买菜回来了吗？她转过头，因为嘴里含的东西太多，还有一颗一颗没咬碎的红豆从嘴角漏下来。

是徐先生带着隔夜的黑眼圈看着她。

徐先生坐下便算账：他的公司、股票、不动产，其实都是在他老父亲的名下，他本人持有的只有这套房子、家中用的三辆车和账户里刚刚发下来的年薪，问她想要怎样分。

凌馨本来不是个超脱的人，想着法律既然是这样规定的，拿走自己应该拿的那一半也是应该的，何况她还没算上对方是过错方呢。不过要房子的话，房子里到处都是人家的东西，人家的装修、人家的审美、人家的味道，住了也没意思；车也不值什么，那点象征性的年薪更是像讲出来羞辱她的。好在自己婚前的积蓄一直放在自己的卡里没有动，算算两三年里也不至于饿肚子——难道两三年的时间她还找不到出路吗？这么一想，凌馨脸上就露出一点安心的冷笑。

196

徐先生并没有看到这冷笑，接着说："请你相信我并不是婚前就留了后手，我爸确实什么产业也没给我，公司啊股票啊这些，如果所有人有过变动都可以查到，你可以去查，我什么手脚也没做过。我这个人是一片坦荡的，爱你的时候坦荡，不爱的时候也坦荡，我没有欺骗你，所以也不算对不起你。当然了，资产方面我还是要尊重你的期待，如果你觉得太少，我再向我爸要一些，这本来也是我给家里打工这么多年应得的。好了，你开价吧。"

凌馨还没开口，保姆拖着平板小车回来了。这小车是新买的，带四个轮子，因为凌馨每餐要吃的菜式越来越多，买回来的菜用手已经提不动了。小车上堆着帆布袋子、塑料袋子和草编的筐子，筐子里露出几朵松软的蘑菇。

凌馨想起来了，昨天她吩咐过，中午要吃蘑菇炒小鸡，小鸡要炒得焦焦的，味道全进到油里，蘑菇要嫩，吃起来是只吃蘑菇，不吃鸡肉的，鸡油还要用来拌米饭，一粒一粒拌得均匀又油亮，可以吃一大碗。

厨房的门关上了，里面有洗菜和烧水的声音，凌馨还愣着，徐先生又说："你开价吧。"

凌馨笑着说："我要一句道歉行吗？"

徐先生说："先说正事。"

凌馨说："我开的价就是道个歉。我要你说一句对不起就行。坦荡是个美德没错，可你也不要以为坦荡就是免死金牌，以为你坦然承认了就不欠我的了，我的确没有特别保守的白头偕老的旧道德，可你总要讲基本的是非公理。"

徐先生说："基本的是非公理，就是爱你的时候和你结婚，不爱的时候分手，条件尽管提，这可是真正的空头支票，你不管往里填多少我都会答应。孩子还小，这个阶段在母亲身边对她的成长更

197

好，三岁以后是在你身边上学还是在我身边上学，我们再商议。"

凌馨笑着说："我就填一句'请你说一句对不起'呢？"

徐先生恼了，从沙发上站起来，居高临下地看着凌馨说："那我宁愿不离，跟自己不爱的人生活在一起事小，认下自己没犯过的错事大，凌馨你要知道，你今天胡搅蛮缠的态度让你错过了多少钱，你不如想想一个真正有智慧的女人在这种场合会如何处理，好让自己拿到的东西最多。我真是失望，本想着娶一个广告演员，又美又单纯，现在发现你是又美又愚蠢。女人天天计较这些情啊爱啊的得失就是会显得蠢，所以你看商业上成功的人有几个女人？什么时候人类脑子里这根谈恋爱的弦嘎嘣一声断了就好了，全人类的烦恼都他妈少一半，大家把脑子节约下来做点真正创造价值的事好不好？"

凌馨这时候真后悔小的时候没有好好读书，脑子里没有东西，对方一讲到人类啊商业啊这种词她就发晕，别说吵架了，连回应都做不到，只好站起来。婚前她的身高和徐先生是持平的，生过小孩以后，不知是不是关节伸展开了，足足又长了两厘米，她站在他面前什么也没说便上楼去了。

徐先生还在沙发上坐着发呆，保姆打开厨房的门问："太太，今天的蘑菇炒小鸡要放几分辣？"见太太不在客厅里，便随手撒了一把辣椒下去。

198

蘑菇炒小鸡端上桌的时候，凌馨提着女儿的推车下楼了，小孩早就睡醒了，坐在里面呵呵地笑着。徐先生以为她要带小孩下楼散步，说："先吃饭吧。"凌馨没说什么又上了楼，很快便重新下来，这次拖着行李箱。

　　徐先生急了："你不能就这么走吧？"

　　凌馨笑着："这话应该我对你说才对。我都没撒泼，你也别闹了。我刚才填的空头支票你记着吧，什么时候兑现，我什么时候签字。"

　　然后她在蘑菇炒小鸡的香味里走出去了，走的时候吞了一口口水，她太饿了，蘑菇太香了，鸡油拌米饭的味道几乎惹得她哭起来。这现世安稳的小生活就这么糊里糊涂地被丢在身后了，来的时候是这只小箱子，走的时候也是，只是多了一个会哭会笑的小东西，这当然是她的心头肉，可也是麻烦，至少眼前是，她没有办法一边带孩子一边出去工作。

　　其实她现在的样子也找不到工作。婚后的安逸加上孕期发胖，一米七的个头 130 斤的体重，如果她是个农妇的话当然是喜人的健壮，对于一个演员来说就是灾难级别的笑话。要勉强能上镜，至少要减掉 30 斤；要上镜漂亮，则要减掉 40 斤。

　　在酒店里住了两天后凌馨找了一个便宜公寓安顿下来，第一件添置的家具就是跑步机。既然不能带着孩子去健身房，那么便

199

在家里跑起来吧，节食和减肥药都要一起上，伤肝还是伤肾也顾不得了，所以母乳就要停掉，奶粉虽然算得上一大笔开销，那也是没办法的事。

七七八八地扣除下来，凌馨发现她本来能支撑两三年的积蓄，现在只够一两年了，其中还有至少三个月的时间用来减肥不能工作。

从来没有这么焦虑过，每天心中只有两件事：体重和银行卡余额。

这时候才知道电影真是害人，它在漆黑的环境里制造出两个小时的梦境，告诉你好人终会渡过难关，一切眼前的磨难都会变成未来的财富，可是现实里，好人也许能渡过难关也许不能，而磨难只是磨难。

如果是在电影里，情节进展到此应该近半了，接下来的半部，或者白马王子出现，救美人于水火，或者事业上来了一个大转机，去银行取几板簇新的钞票啪啪抽打前夫的脸，或者前夫惊觉家庭还是原装的好，借着来看孩子的机会与她重修旧好，或者恶人终于遭到报应，那位深夜电话女士从此事事不顺——可事实是，听说她的公司开了一家又一家，而且真人十分年轻漂亮。

"可真是不按剧情走啊！"凌馨边在跑步机上奋斗边想。

这玫瑰泡影破碎后，一地鸡毛的现实。

4

"可能不会好起来了。"

大约在她搬到新公寓的第三个月，她听到有个声音这么说。不是梦境，可也不是醒着；不是自言自语，可房间里也没有别人。天色是半亮不亮的，温度是半暖不暖的，凌馨躺在枕上闭着眼睛，就是听到有个声音这么说。

三个月里减掉 30 斤也算不上多难，早起一碗稀得能照出人影的米粥，再对着视频跳起操来；下午跑步七公里，晚餐是清水煮萝卜，加一颗虾仁，算是象征性地有点荤腥。称体重则像有强迫症似的，每天称上七八回，开始的日子，那数字是纹丝不动的，凌馨站在体重计上急得眼泪啪啪地滚下来，这委屈是胜过徐先生向她提离婚的。

好在熬过了最初的一周，体重便以肉眼可见的速度下降了，因为瘦得太快，手臂和腹部的皮肤变得松弛，手指在上面划过时的绵软令凌馨提前知道了衰老的可怕。

这时必须要请教练来指导着练力量了。因为不能把女儿带去健身房，请教练来家里又是一大笔开销，凌馨咬了一会儿嘴唇，决定在恢复工作之前不再动用积蓄，只能卖些东西了。这时正是

201

暑热天气，担心女儿禁不住太冷的风，空调温度不敢开得太低，凌馨整日汗水淋漓，边灌着冰水边开了一只皮箱，取了三件驼绒大衣出来。

温水一样顺滑的驼绒从手臂上滑过，凌馨叹了口气。这三件衣服，一件红的短的是她刚刚入行的时候，吃了半年的清水煮萝卜省下钱来，在新年夜跑去新天地买下来，当作送给自己的礼物；一件白的长的是徐先生在婚前送的；一件墨绿色是婚后她买来的。

她把三件大衣取出来又摩挲了几遍，最后放回那件红的，只把用徐先生的钱买的那两件拿去二手奢侈品店卖掉，虽然几乎都是新的，两件加起来也才卖出一件的原价钱。凌馨没有卖过东西，站在那个开在商场深处的陈列着许多二手皮包的柜台前，她想起从前看过的电视剧里，柜员是要用好听的语调唱"虫吃鼠咬，光板没毛"的，那调子光想想就足够好笑了，于是凌馨嘻嘻地笑了起来。

那个柜员，其实也是鉴定师，是一个穿着黑西装的半秃顶大叔，年纪也许有三十五，也许有四十五，从瓶底眼镜后面抬着眼皮看着站在面前的凌馨：她的脸色是顶红润的，年纪很轻；她身上的衣服和装大衣的箱子都是最好的，这是一个鉴定师在几秒钟之内就能做出的判断；她的眉毛是没有修过的，说明许久没有像样的社交生活了；她怀中一个前抱式婴儿背带，里面睡着一个粉白的孩子。

大叔在心里长叹一声：又一个被金主抛弃的可怜姑娘，只能靠卖衣服鞋子皮包度日了，这一个尤其可怜，别人不过是孤身走的，她还有了孩子拖累着，可她已经这么倒霉了，为什么嘻嘻地笑呢？莫不是因为情感上的伤害变得心理不正常了吧？这鉴定师眼中的可怜之情于是又翻了十倍。

因为这点泛滥的同情，鉴定师把价格往上提了一提，凌馨对这一场心理活动当然完全不知，她还觉得卖出的价格低得出乎意料呢——再出乎意料也只好接受。那笔钱马上用来请了一个健身教练，在教练的指导下，她因为快速减肥而松弛的皮肉又变得紧致了。

一个月之后的早晨，阳光把客厅的地板照出光润的亮色，凌馨从浴室里走出来，湿淋淋地站在镜子前面，她的手臂光滑如石雕，腹部像十六岁的少女一样平坦，大腿侧面的肌肉则像运动员一样健美，说是重生未免夸张，但凌馨和镜中的自己击了个掌。

她可以复出了。

去试镜复出后的第一个广告的时候，凌馨接到了鉴定师大叔的电话，问她还有没有大衣要卖，有位客人说有多少买多少，不过必须是不同样式的。凌馨说这人买这么多二手衣服，这笔钱也足够买不少新品了，何必捡这便宜呢？鉴定师说这客人是做大衣定制生意的，买品相接近新品的顶级品牌衣服回去制版，又便宜，又白得了好剪裁，只要找到好的面料，只冬天卖上两个月大衣赚到的就足够养全家一年了。

凌馨还没说话，女儿在怀中号哭起来，只好匆匆挂了电话，管试镜的副导演又在喊凌馨的名字，于是忙跑进去了。那个广告最终选中了凌馨，因为产品是纸尿布，凌馨自带婴儿，正好省掉租小孩的钱。

从试镜的片场回家的出租车上，凌馨便打电话给一个内蒙古籍的大学同学，问她认不认识做羊绒或者驼绒面料的工厂，人家在电话那头吼：

"我们家是呼和浩特的！大城市！二环里！不是每个内蒙古人家里都养羊！我们小时候上学也不骑骆驼！"

这当然是好朋友之间的玩笑了。过了一会儿，这位朋友把自己一个表叔的地址给了凌馨，表叔有一家很好的羊绒工厂，就在包头郊区，北京有火车直达。

当天晚上凌馨便带着女儿上了火车，第二天清早，她站在包头郊区一个村子的土地上，发现自己被无边无际的金黄色的葵花海洋包围了。因为气候干旱又缺乏水利，这个地方只能种向日葵一种作物。

向日葵真美，它们的根像一只粗壮有力的手，紧紧抓住干裂的土地，茎秆笔直地伸着，一直长到比高大的北方小伙子们还要高，花盘那么圆，厚实的，沉甸甸的，颜色是浓得令人肃然起敬的金黄。相比之下，花店里卖的那些瓶插葵花简直成了玩具。

凌馨在这片金黄里默默地震惊着，头顶的太阳在灼烧，脚下的热气也一直升腾上来，女儿在前抱背带里扭着脖子，黑眼珠骨碌碌地转着，这也是她第一次看到这样的金黄，兴奋地呀呀地喊着。

田间小径只有一米来宽，两侧都是一人多高的深不见底的向日葵田，前后都没有人影，但凌馨一点也不怕，她一咬牙走出一公里去，衬衫被汗湿得像淋了一场雨。这时无边的葵花田突然尽了，视野开阔起来，眼前一片起伏的丘陵上建着巨大的羊绒厂房，一排货车停着，许多工人出入，又有村民在工厂门口摆摊卖些零食，小孩子们举着雪糕跑跑跳跳。这是个快乐的村镇了。

为了订这批昂贵的羊绒面料，凌馨几番犹豫后，还是没有动用积蓄，她卖了一只喜马拉雅皮包，这是订婚那天徐先生拿来和戒指一起奉上的。这只皮包拿到二手店里，那鉴定师大叔几乎要含着眼泪喊她"姐姐"了，忙请到里面的会客室休息，茶也从普通的花茶换成了好的，凌馨坐在那儿喝着茶，女儿在怀中睡得口水滴答，鉴定师大叔看着她，又高兴又同情，高兴的是遇到了一个存货这样好的大主顾，同情的是这么年轻的姑娘，怎么不找个工作，要靠卖前金主的礼物生活呢？这种生活什么时候是个头呢？

凌馨又去了一次包头，带着那件红色大衣和钱。衣服送去了制版室，转眼间被拆成了一堆碎片，几份代加工的合同在桌子上摊着。准备签合同的时候手机狂响，凌馨看到屏幕上是徐先生的名字。

厂房里信号不好，她跑出去接电话，站在那片小丘陵上，满眼是浪涛般翻滚的金黄，北方干燥的风呼呼地吹在脸上。徐先生在电话里说："凌馨，我们复婚吧。"

凌馨愣了："我们根本没有离婚啊。"

徐先生说："我的意思是我们和好吧，你搬回来。"

凌馨冷笑："这么快就和新欢分手了？"

徐先生说："没有分手，但是可以分手，我不能再让你在外面这样没有着落了。就当我是为你做的牺牲吧。"

风卷着沙子吹来，拍打着凌馨的脸，她看着远处无边的天际线，心里觉得一阵迷糊："我怎么没有着落了？我已经拍了好几个广告了，虽然没有结婚以前那么红，不过也还说得过去。你不必为我做这个牺牲，我可当不起，只求你一句道歉，然后我签字离婚。"

徐先生在那头叹气："拍广告这口青春饭你能吃几年？就算回到你最红时候的工作量你也养不活你们母女俩，生活是血淋淋的，你不能赌气。"

凌馨不知道这算不算得上赌气，但是的确有一口软绵绵的气顶住她的喉头，怒也不是，悲也不是，最后又是冷笑了一声，没有说什么。

徐先生说："凌馨你不要一直冷笑，我最讨厌你的冷笑，你有什么资格，又是站在什么制高点对我冷笑？你又有什么事瞒得过我呢？你去新天地的二手店卖包的事早被老钱的女朋友看到了，当作笑话一样在外面嚷得所有人都知道了，你还在我面前硬撑，有什么意思呢？卖包的钱够你撑几天？然后你还要卖什么？好，你不回来也行，把贝贝送回来给我养。"

凌馨说了一句"去你妈的"就挂了电话。

至于那个"老钱的女朋友"，凌馨只记得下巴尖尖的，眼角开得快要打通鼻梁，也没有更多的印象。如果有一天在什么场合遇到她，不管是什么场合吧，一定拉到角落里抽两个嘴巴，还要问着她："是不是经常吃口条补身体，所以舌头才这么长，讲得一口好八卦呢？"

这个世界上有太多人需要被拉到角落里抽两个嘴巴了。

人们就是被现代文明驯化得太矜持了才会导致世风日下，要讲道理，讲体面，要做一个用法律和道德处理问题的人。其实如果大家都能坦诚地把别人拉到角落里抽嘴巴，世界早就变成了美好的人间。

为了卖这批羊绒大衣，凌馨开了个网店，毕竟是表演系出身，随便拍一拍照片就碾轧那群自称平面模特的网红。大衣卖得很好，第一批收回本钱后又加了一次订单，第二批的收入是纯利润了，每天进账如雪片。

这时候卖那只喜马拉雅的钱还没有用完，那只包也还好好地摆在二手店的橱窗里，如果添上一点点便可以把它买回来，但凌馨当然不会这么做了。有些生活已经离她远去了，豪门难入就不入了，接不到戏就不接了——哪里有那么多事值得"非做到不可"的执念？随遇而安也是个美好的词。

卖羊绒大衣的收入被她分成了两份，一份存起来，一份做定制春装的本钱。一月份的北京，早上八点半，她去城市另一头的面料市场，堵在一片红色尾灯的三环路上，风吹折了树枝，摔打在出租车的前窗。她看着窗外枯黄的爬山虎后面露出的红砖墙，那是她刚来北京时住过的老式公寓，也不知道那个脸上滴着水的房东女儿现在怎么样了，按照时间推算，她应该大学毕业了，她是读什么专业的，现在又在做什么工作呢，她有没有恋爱，也许已经结婚了吧？

如果此刻有神灵经过停车场般的三环路，它应该看得到在凌馨的出租车一米外的人行道上，陈白露提着一只小小的皮箱，她从那间有爬山虎外墙的公寓里搬出来，搬到薛先生的金屋里去。

陈言已经走了，此刻正在法国的酒庄里洗橡木桶，他们分手的时候，据说陈言把订婚戒指都买好了。

凌馨确实是看向车窗外的，不过她没有认出陈白露来，她只看到一个女孩有着光洁的额头和挺直的脖颈，还有纤细的脚踝，在冬天的大风里卖力地走着，她的头发那么乱，嘴唇因为冷的缘故变得雪白，可是双颊像醉了酒一样红艳艳的，那是可怜的欲望之火，它燃烧着陈白露的精力、善良和健康，后来有许多道德沦为渣滓的边缘、精神濒临崩溃的边缘、健康毁于一旦的边缘和人格流于凶恶的边缘，她也算凭着求生的本能，渐渐远离了边缘，到了她们在上戏剧院重逢的时候，陈白露终于是一个平淡的人了。

5

不久后出了一件很小的事情，小到凌馨不过是去小区门口的超市里取代收的快递，然后顺路办了的一件事情：凌馨与徐先生相识的那场广告拍摄的导演，姓孙，两年前终于受到一位专门制作大电影的投资人的赏识，开启了电影项目，同时娶了一个青春貌美的女演员，可谓一夜之间走上人生的半山腰。不过最近遭遇了一点不幸，年轻的妻子在外地拍戏时和同剧组的青春帅气男演员夜幕中激吻，偷拍图片一时上了各大新闻的头版。也不能怪记者没有同情心，也许这是新闻行业的无奈，这对年轻人都藏在剧组不肯露面，记者们便围堵在孙导演的楼下，想要拍到他或颓废或失常的样子。

凌馨是在超市的 21 寸小电视里看到这则无聊的新闻的，结婚离婚，恋爱分手，本来已经无法让凌馨感到欢喜或悲伤，不过新闻里说，孙导演已经一周没有下楼了，据他们观察也没有送外卖的人出入，不知他家里的存粮还能支撑多久。凌馨心里想，那些花边八卦不算什么事，但没有饭吃可是天大的事。

因为出门只是为了取一件快递，她身上只翻出一张十元的纸币，在隔壁小餐馆买了一盒炒饭，便穿着拖鞋和松垮的 T 恤，走到隔壁小区的孙导演家去了。孙导演开门的时候，衣装比凌馨还要落魄，家居服的袖口已经卷了边，一身烟气酒气，抱着凌馨便哭了起来。

娱乐新闻的热度散得很快，半个月后，很少有人还记得这段公案，至于孙导演与妻子有没有离婚，连凌馨也不得而知，只知道他陷入了另一个更大的麻烦：那部终于得到赏识、筹备了整整两年的大电影，距离开机只有三个月了，原定的女二号这时却因为最近播出的另一部戏而突然爆红，无论如何不肯在孙导演的戏里做配角了。人家给出两个方案，要么女二荣升女一，要么辞演，可怜的孙导演根本没有能力做这道选择题，因为女一号是投资人的宝贝女儿。

女二号果断辞演了，其实也不难找到同类型的演员替代，名单虽然可以列出一页纸，真的洽谈起来却飞快地被依次排除掉：有的价钱谈不拢，有的档期不合适，咖位大的不愿意给女一号做陪衬，咖位小的又被女一号嫌弃颜值不够。等到名单上的每个名字都被画上了红叉，孙导演对镜洗漱的时候，发现自己的两鬓都愁得白了。

人到中年诸事不顺的孙导演想，也许要做一件事就是要经历很多坎坷吧，也许多磨的必定不是好事，他这么悲观地想着，凌馨的名字突然跳到他的脑中来——首先，她虽然是广告模特出身，没记错的话也是读过表演系的；其次，她生过小孩后不如婚前美艳，但还是胜过一众小花许多；最后，她现在是半停工状态，已经沦落到去开网店卖衣服了，想必片酬开价不高——哪里还有比她更合适的人选呢？孙导演想着，几乎要以为那场绯闻危机不过是为了引出来送饭的凌馨，好在一个月后解他这份真正的事业困局。他连嘴里的牙膏泡沫也没有吐干净就给凌馨打起了电话，呜呜噜噜的，说了好几遍凌馨才听清楚，凌馨在一片嘈杂里说："我从来没有演过电影呀，您这么信任我，我就先看一看剧本吧。"

孙导演漱了口说："你那边整齐的一阵一阵的声音是什么？怪吵的。"

凌馨笑着说："缝纫机的声音，我在工厂看着衣服出货呢，两千条裙子，出了问题我就赔光啦。"

孙导演心里陡然起了一阵怜惜，好像在这一场接一场的人生不幸里，他和凌馨是互相解救的。

剧本中的女二号，是一个在上海长大、在法国留学的千金小姐，大段大段的台词，一半是上海话，一半是法语，剧组的计划是后期用配音。凌馨接下这个剧本后，孙导演生怕她畏难而退，拍着胸脯说保证找一个最好的配音演员，凌馨却说必须用原声，因为原声的表演效果是配音不能比的，时间也还来得及，她马上动身去上海报一个法语班，哪怕照着音标来背诵，也要把上海话和法语背得天衣无缝。

三天后凌馨就到了上海，胸前挂着熟睡的贝贝，肩上扛着妈咪包，手中拖着一个大号的行李箱，绾好的头发散了一半下来，满面风尘，活像刚从乡下来沪上淘金的打工妹。

212

因为酒店的开支太大，带着孩子又不便一家一家地去找短租公寓，她住的是开在一个弄堂里的家庭旅馆。这个家庭旅馆还有帮看孩子的业务，这样白天凌馨去上课，贝贝也有地方托付。

她住的是旅馆沿街的一间，房子刚刚粉刷过，家具是最简单的，越发显得干净雪白，映衬着清早桂花糖粥的叫卖声，贝贝啼哭两句就安静下来，吮着手指在凌馨怀里拱着。凌馨半醒不醒的，听着窗外的鸟叫了，车声响了，怀中一团小肉动呀动的，有时候矫情地想起一句"岁月静好"来。

她读的是某所大学的成教学院，那里常年开设着短期的法语班，她额外付了老师一笔钱，请他把剧本里的台词都标好音标，然后一面背诵着音标，一面跟着课程从头学法语，这样双管齐下，为的是如果拍摄的时候台词有改动，也不至于当场哑掉。

至于上海话，她每天放学后都拿着剧本，跟着房东老爷叔一个词一个词地念。老爷叔年纪有六十几岁了，脸色红润，身材壮实得像只有四十几岁，常年坐在弄堂口的一把藤椅上饮茶，耳垂厚重得如弥勒佛般，一身金棕色绸缎印吉祥流云福字睡衣，手上三个翡翠裹金的戒指。

凌馨跟老爷叔学上海话的时候，房东太太在院子里带着贝贝和附近的几个小孩，大些的小孩跑跳着玩球，贝贝虽然还不会走路，也在摇椅里乐得直拍手，一只不知道谁家的小猫从摇椅前蹿过去，吓得贝贝脸上的表情僵掉一秒钟。

这个时候，凌馨又矫情地想起"岁月静好"来。

6

上海的夏天，天气变化得很快，走出教学楼的时候起了风，云层的暗影在草坪上翻滚着，带出一阵泥土的腥味。凌馨低着头疾走着，她要在落雨之前赶到一千米外的地铁站去，可是刚刚走到大门口，几点雨滴就落在了她的额发上，又顺流到了她怀中抱着的一沓稿纸上。这稿纸上记着法语老师为她的台词标注的音标，因为偷懒也并没有复印一份，如果污湿了，也不大好意思再求人家一次，于是左看右看，学校门口的保安亭里也挤满了避雨的学生，因此只好站在一米来宽的拱形校门下面，前后都是雨幕，她的肩膀和裙边都湿了。

几辆车子摇摆着雨刷驶进校门里去了。一对情侣骑着掉了漆的自行车笑嘻嘻地驶出来了，各种颜色的雨伞撑开了，伞遮住了人的脸。只看到许多纤细的脚踝疾走着，有的故意去踩一个低洼的水坑，却不小心真的滑倒了，白底蓝波点的伞飞滚出去，原来是一个有着粉白肤色的胖姑娘，扎着松散的两条麻花辫，橙红的裙子湿了一半。

在围观的笑着的人群里，凌馨是笑得最开心的一个，因为这个姑娘的长相打扮好像年长了二十岁的贝贝，连那傻乎乎地一跺脚的样子都相像，于是她冲出雨幕，替姑娘把滚远了的伞捡起来，心中仿佛带着一点母爱似的。因为抢着拾伞，便忘了怀中的稿纸，待跑回拱门下站着，那沓纸的边缘已经湿出了一寸去。

"Hi！"

有个男生的声音在喊。

而凌馨低头心疼着那沓稿纸，又怪自己今天背了一个只装得下手机和钱包的小号背包。

"你为什么不把外套脱下来包住你的宝贝稿子？"

那个男生又喊。

凌馨抬起头来，见一辆白色的车子停在两米开外的路边，车窗打开了一点，露出一头软蓬蓬的头发和一半墨镜。

凌馨点点头，好像自己刚刚想到这个主意似的，豆青色的薄针织外套脱下来，里面是一件珍珠白的小衫，下摆很短，只齐着肚脐，与炭灰色的裙腰之间露出一截雪白的皮肤。

"这雨一时半会儿也不会停，我看——"那男生在车里说。

"谢谢好意啦，我去地铁站，不搭顺风车。"凌馨笑着说。

"是前边左拐的地铁站，还是右边那个？"

"……"

"我是想知道你要去的地铁站和我是不是顺路。"

"那么你去哪边呢？"

"你先说。"

凌馨大笑起来，笑得腰都弯了下来，那沓被包成豆青色的稿纸又探入了雨幕，被水汽浸润成了青灰色。

车子在凌馨面前移动了，她以为他要走了，可是它只是掉转了方向，把副驾驶的一面朝向凌馨，车门打开了。凌馨犹豫了一下便走了过去。

一个漂亮的男生的侧脸，像女孩一样柔美的额头和鼻子，软蓬蓬的头发，他转过脸来朝凌馨笑着，一口好看的牙齿。

"中午就放学，你肯定不是计算机系的。"

凌馨大笑。

"说对了？"

"计算机系？如果是真的就好了。会写代码太帅了，可惜我不会。"

"也不是学文学的。文学系女孩别说上车了，我再多说一句，恐怕已经报警了。"

"我虽然不是学文学的，却也认识不少文学系的女生，你这可是偏见。"

"偏见不偏见的，我至少猜对了。"

"不对，再猜。"

"不猜了。"

"为什么？"

"前两次是蒙的，第三次可不一定蒙得准。"

凌馨大笑。

车子在拐角处缓缓滑过一条弧线，停在地铁站的门口。

他摘下墨镜，露出一对黑瞳仁和长睫毛，也是女孩一样的漂亮。

凌馨把外套一抖，一点残留香水和雨水的味道。穿外套的时候稿纸放在腿上，厚厚的湿湿的。

"原来是法语系的。"他看着稿纸上的法语，笑着说。

凌馨也笑，没说是，也没说不是。

"你叫什么？"

"谢谢送我，陌生人。"凌馨准备下车了。

"你如果不说的话，我就把法语系本科生的名单找出来，再把你的长相讲出来，一个一个地请法语系的老师辨认。"

"那么我倒好奇，你如何拿到法语系的名单，还能让老师乖乖帮你的忙呢？"

"因为我是你的师兄，毕业三年了。"

凌馨又笑，她心想，毕业三年是二十四五岁，那么恐怕他还要比她小一两岁呢！

"我一个小时之内就能打听到你是谁，你信吗？"

"不用问了，我叫凌馨。"凌馨赶着说。因为一个培训班的学员，名字在本科生的花名册里是找不到的，到时候该有多尴尬？好像她在故意撒谎似的。

"我叫林瑞。"男生笑着伸出右手来，凌馨握上去，手心是汗湿的。

地铁里冷气开得很足，凌馨又刚好站在风口，风从脸颊的一侧吹过来，把她的碎发拢到脑后去。她觉得有点冷，毕竟刚才淋了雨，可是她没有动，拉着拉环默立着。

黑漆漆的窗子上映出她的脸，她看到自己的嘴角是带着笑的，真是尴尬，这笑容从她走下林瑞的车子就没有收起过。

半小时后她走出地铁站，雨已经收了，衣服也被体温烤干了，晴好的太阳藏在梧桐树后面，她绕过一棵梧桐树，又绕过一棵，再经过一大丛灌木，就走进了自己租住的弄堂，贝贝在学步车里呀呀地朝她笑着。于是她又变成了一个年轻的母亲，带着一个摇摇欲坠的婚姻的，那个在雨里跑跳着的法语系女大学生只是一个假象，一个面具，一个梦幻泡影，它像这阵急雨一样消失得无影无踪了。

那个笑起来嘴角很好看的林瑞，有着软蓬蓬头发的年轻人，他也像那阵急雨一样消失了。

7

不久后的一个周末的早晨，学校里没有课，倒是布置了一长篇的朗诵作业，凌馨起了个大早，塞着耳机听范文朗诵。

她可能真的在语言上有些天赋，这样难学的一门语言，她入门之快让老师都怀疑她是不是真的零基础。

这真是一个惊喜的发现。在这之前，凌馨一直以为自己生来便是一个花瓶，语文不好，没有文采，数学奇烂，早知道她法语可以学得这样好，也许本来可以做翻译的，那么就是在一家公司里做着白领样的工作，而不是从少女时就吃住在剧组了，然后她遇上的会是另外一批人，交与现在不同的朋友，嫁与徐先生不同的人，那是另一个人生，可惜她错过了那条岔路。

贝贝快要一岁了，倘若她继承了凌馨的语言天赋，那么也快要会讲话了。她最近确实会含混地发出一些"呀呀"的声音，有时候凌馨强迫自己把那些随机的声音拼凑成有意义的词语，可是她自己也知道那只是无聊时打发时间的慰藉罢了。

她准备朗诵作业的时候，贝贝在身侧的婴儿床里睡着，白滚滚的小腿踢开了毯子，凌馨见她头上微微冒着汗，想着夏天到了，便也没去管。小孩子不必养得太娇，凌馨绝不是那种要让孩子里三层外三层地裹着的母亲。

这一章法语还没有听完，倒好像听到了雷声，可是在窗前抬起头来，外面仍然是响晴的天，她摘下耳机，才听清楚哪里是什么雷声，是房东太太在敲门，边敲边问着："凌小姐，有没有起床？"

凌馨跑去开门，穿着翠绿色的软缎睡衣，房东太太说："凌小姐，吵到你睡觉了呀。"

凌馨忙说自己已经起床很久了，又问是不是今天要交房租。房东说："房租不急的，今天明天都行，是楼下来了一位客人找你，就坐在大堂里等着，是一位非常文雅的小姐。"

凌馨把自己在上海的朋友想了一圈，确实也有几位文雅的，只是她们并不知道自己来上海读书了，又是如何找上门的呢？边想着边下楼，房东太太跟在身后说："从北京来的，姓李，吵着要吃饭，可是我们只开旅馆，不卖饭呀。"

凌馨已经看到了这位从北京来的李小姐，一个大号的手袋扔在一层客厅里进门处的桌子上，敞开的袋口里露出堆得乱七八糟的阳伞、钱包和墨镜。它的主人正站在一旁，对着老板爷叔说："哪里有开旅馆却不卖饭的嘛，多添一个厨房而已嘛，您老也是不会做生意。"

老爷叔说："谁做生意啦？我们老两口打发时间而已，这位小姐你往旁边让一让，你把过堂风都挡住了。"

凌馨站在楼梯上看着她，长鬈发，圆圆的脸，是个陌生的美人。这位陌生美人并没有动，还站在原地，用一张纸巾扇着风："我也是不该赶早班飞机，这么早就到了，还要等凌小姐起床，走又怕错过她，在这儿等吧，您老又不卖早饭。"

她边说着边蛇一样扭动着白腻的脖子，环视着这小小的客厅，抬头的时候便看到两个黑黢黢的人影在楼梯上站着，后面胖大一些的是房东太太，前面瘦削的那个，一身翠绿，像刚淋过雨的竹子，脸在暗影里看不清，但李小姐沉默了一秒钟，便问："凌馨？"

凌馨走下楼来，和她面对面站着，她的确没有见过这位陌生美人，但她已经猜到她是谁了。

凌馨转身便上楼。

"凌馨！"李小姐在身后喊。

凌馨站在楼梯上回过头来："凌馨的名字是你叫的吗？我认识你吗？"

李小姐的圆脸上滚过一团红晕。

"徐太太，事情已经这样了，不如我们好好地谈一个解决的办法。"

"别叫我徐太太，听着别扭。"

李小姐追上来："凌小姐，我是诚心来谈的，什么条件都可以谈。"

"咦，你这话说得我真是不懂，好像我没给过条件似的。我的条件早就告诉徐先生了，他没和你讲过吗？"

"钱？财产？没有呀……"

"不是那些。"

"你该不会说的是那句什么道歉吧。"李小姐笑了，"我以为是开玩笑的。凌小姐，婚姻是大事——"

"是呀，婚姻是大事，谁和你开玩笑呢？"

房东和太太仰起头来看着她们。

"凌小姐，咱们别站在楼梯上谈呀。"

"唉。"凌馨叹了一口气，"要不是打人犯法呀，我真想把你——别再烦我了，我女儿还在睡觉，如果你把她吵醒了，我就让你像偶像剧里一样从楼梯上滚下去。"

"凌小姐装得一手好圣母白莲花，好伟大的母爱，好坚强的单身母亲，上海有的是好酒店，你偏要带着宝贝女儿住在这种民居旅馆里，真是博得一手好同情啊！徐先生见到你们母女这样要心疼死了，本来要分给你一半家产，心一软要分出去七分了。"

一声尖叫，伴随着撞击木质地板的沉闷声，又一声，李小姐从楼梯上滚了下去。她真是个坚强的少女，从地上爬起来，脸颊上还沾着一层土呢，却一点颓败的样子也没有，盯着凌馨看了一会儿，挽起大手袋走了。

房东老爷叔对着收音机调频，调出一个唱越剧的，房东太太呢，开着吸尘器吸地板，好像这两个年轻女孩是透明人似的。

凌馨本来不太委屈，看着他们的样子，眼泪倒有点往上涌的意思，她独自带着女儿在这里住了这么久，他们一句来历也没有问，刚才这么大的热闹也没有一点想看的意思，既没有好奇，也没有同情，连目光也不向这里偏上一偏，这真是大智慧兼大善良了。

"我出去走一走呀。"凌馨笑着说，"念了一早上书，头都昏了。"

"出去散散心吧，贝贝醒了我来带。"房东太太埋头吸着地板。

凌馨于是走了出去，走到门口才发现自己身上还穿着睡衣，好在这里是上海，只要不跑到高架上去溜达，这身打扮只在附近走一走也是没关系的。太阳已经热起来了，她沿着树荫一路走着，脑子里空空的，想起有一天在黄浦江边看水，那水中漂着一团绿色的海藻，不知道是不是古人说的浮萍。

凌馨觉得自己就像浮萍，水往哪里流，她就朝哪里去，人家让她拍电视剧她就去拍电视剧，让她拍广告她就去拍广告，有人想和她结婚她便结婚，想要离婚她也不哭不闹地同意，请她拍电影她也同意，活了二十六七岁，到底有什么决定是她自己做的呢？

这电影也只当作一项平常的工作，认真做完就好，如果以为从此便是电影明星了，那是新入行的少女才有的幻想，凌馨不是新入行的少女，她是不做这样的美梦的。

哪里也没有一个可以歇脚的地方。

人生好长啊，茫茫江水，萍踪浪影。

但是也没有哭，只是沿着树荫走着，只听到车声越来越多，再往前走便是大马路了。这身翠绿的睡衣是无论如何也不能走到马路上去的，于是凌馨换了个方向，去到另一侧的树荫里，再慢慢走回旅馆里去。

卖桂花糖粥的出来了，热腾腾的木头挑子在树荫里搁着。这个卖粥的也是任性，有时候出摊，有时候不出，既和天气无关，也和工作日还是休息日无关，完全没有规律的，因此能够遇上他，凌馨觉得今天的运气格外地好，忙喊了一句："老板，要一碗带走吃。"

她最近练习用上海话讲台词，也跟着房东老爷叔学了不少，这一句讲得尤其地道。散着浓香味道的粥刚盛到白色厚纸饭盒里，她便听到一个惊喜的声音：

"凌馨？"

回头，她也惊得叫出声来，竟然是林瑞。

他穿着一件浅蓝色的 T 恤，前胸因为汗渍的原因变得发黑了，头上绑着吸汗带，可也是徒劳的，汗水还是从鬓角淌下来。篮球短裤下面露出肌肉漂亮的小腿，一个篮球在脚边搁着。

真是少年。

"我可算找到你了！不，这样不算找到，我总算又遇到你了！"林瑞笑着说。

"找我？"

"这几天我天天在外语学院教学楼外面等着，都快等成痴汉了，外语系的女生没报警都算我幸运。"

"听着跟随口编的似的。"凌馨笑着应了一句，从粥摊老板手里接过饭盒，突然想起她是空着手走出来散心的，身上一毛钱也没有。

"林瑞，借三块钱行吗？"

"行，不过得现场还，一个问题一块钱。行吗？"

"行，"凌馨忍着笑，"你问吧，我用人格担保说实话。"

凌馨心想，这个小朋友和女孩搭讪的桥段还是蛮有趣呢。

"你有男朋友吗？"林瑞笑着问。

凌馨站在原地，脸上还带着笑。

"这个问题可不止一块钱。"

"好吧，我不为难女生，这个就算热身了，我们从头来。你既然穿着睡衣出来溜达，是住在这附近对吗？"

"是。"

"你是不是经常逃课？"

"这是从何说起呢？"

"因为我问到了法语系四个年级的课程表，这些天我把每间教室都蹲守过，可是从来没有见过你。你天天逃课去干什么来着？凌馨呀凌馨，你看上去乖乖的，跟个学霸似的，没想到比我上学的时候还不乖。"林瑞笑着。

凌馨在心里默默地震惊了，却又不大信："你真的去每间教室里等我？"

"你瞧，这是你们的课表不是？这是大一的，这是大二的，大三和大四的。"林瑞打开手机，给她看几张图片，"师弟发给我的。每间教室我都去过，凌馨，每一间。我找你找得好辛苦。"

"我……"

"你什么你呀，你这个逃课大王。"

"我生病了。"凌馨真的很想说"我是补习班的，不是本科生。"却不知道为什么话到嘴边又改了口。

"我生了一场很严重的病，这一个月都在家里养病。"

"什么病？天哪，我还拉着你东拉西扯的。"

"没什么，已经好了。"凌馨心里乱七八糟的，不知道该说什么，于是嘴上也乱七八糟地说了起来，"就是那天淋了雨吧，咳嗽发烧，不过已经好了，现在没事了。你看，我这不是还好好地出来散步吗？"

"对不起，对不起。"林瑞道着歉，其实他也不知道自己为什么要道歉，只是这一个月来，他在外语系的每一间教室里等她，却发现她像人间蒸发了一样的时候，也的确怀疑过她说自己是法语系的学生是在撒谎，不过她为什么要撒谎呢？她是别的系的，还是别的学校的，或者压根就不是学生，只是一个碰巧在校门下面避雨的路人？这个问题，出身本校法语系的林瑞只要抓过几个师弟师妹来问一问凌馨这个名字就能知道答案，但是他没有，他好像害怕听到答案似的，他好像心里也埋着一些不大好的答案似的，那段时间家里的生意正是清淡，他有大把的时间挨着教室寻找凌馨。

现在他终于知道答案了。原来在他怀疑她撒谎的时候，她正在家里忍受着高烧的折磨，原来是这样，他觉得满心歉疚。

"我送你回家吧。"林瑞说。

"不不不。"凌馨突然紧张起来。

"我又不进去！只是陪你走到家门口也不行吗？"

"不行。"

凌馨拒绝得太干脆，毫无通融的余地。林瑞愣了一会儿也就想明白了："懂了，你爸爸妈妈管你很严是不是，不许你这么早交男朋友？好吧，我不给你惹麻烦。不过你还欠我最后一个问题：你的电话是多少？"

"……"

"我不想再把你弄丢一次。"

凌馨心一横说："如果我告诉你我的联系方式，你可不可以不要去学校找我了？"

"当然，当然！"林瑞又笑起来，像小男孩收到了新年礼物一样，"我不会打扰你上课的！"

凌馨向粥摊的老板讨了一张纸，在上面写下自己的联系方式："我出来太久了，必须回家了。"她心里想，贝贝应该睡醒了，找不到她又要哭了。

"如果你想找我，就给我打电话吧。林瑞，谢谢你帮我买粥。不骗你，这是我这一年里最开心的五分钟了。"

8

之后的一个月里，林瑞去学校接过几次凌馨下课，他每次都像他们的第一次相遇那样，把车停在学校门口的树荫下等着。凌馨会背着双肩包或者帆布袋，怀中抱着一大摞参考书，有时候扎马尾，有时候头发在头顶扎成一个花苞，林瑞还见过她编着两条麻花辫的样子，看上去只有十七岁。

她个子算高的，皮肤又白，在鱼贯走出的女学生里十分醒目。有一次从前停车的那片树荫被另一辆车占了，林瑞在这条小路上等了很久，才在百米开外等到一个车位，不多时，凌馨从校门里走出来，她朝从前他停车的位子看去，没有找到他，又茫然地把脸转向另一边，她眼睛略近视，因此眯了起来，看向这边，又看向那边，好像一个在丛林里寻找前路的小孩，午后的阳光打在她的脸上，散着的长发凌乱地披拂着，她美得像随身携带着BGM，经过她身侧的女孩们都是暗淡的。

林瑞隔着车窗和小路看着她，半是得意半是惋惜，得意的是这样自带主角光环的姑娘是自己的女朋友；惋惜的是这样的颜值和气质没能被更多的人认识，倘若她是个演员，那些常年霸屏的小花们会被碾轧得渣滓都不剩。

又有一次，林瑞按照大三的课表，在教室外面等她，下课铃响后，他站在门口目送着一个又一个女生离开，最后教授也走了，保洁阿姨提着水桶来搞卫生，教室里一个人也没有了，林瑞觉得蹊跷，又接到凌馨的电话，说在大门外的车旁等他。林瑞走出去发动车子，他很想问凌馨为什么她没有出现在她本应出现的大三本科生教室里，但是凌馨把车窗打开，大声用法语念着一首课上刚刚读熟的诗，风把她带着香味的发梢吹到林瑞脸上，于是林瑞被无限的温柔与爱意笼罩着，把一切疑问都丢进风里了。

　　林瑞家，也就是前面多次写过的武康路1768弄，和凌馨租住的小旅馆相距不过五百米。不过武康路在上海是一个独特的存在，武康路里是大部分人一生也买不起的庭院，武康路外是寻常市井。

　　林瑞从未去过凌馨的家，连那条小弄堂凌馨也不让他走进去，只许他在弄堂口等着，林瑞没有问为什么，他猜测她有一个严厉的父亲和爱好网罗一切八卦的母亲，对这个窄弄堂里飞出来的漂亮女儿的交际圈看管得十分严格。

　　他常在弄堂口的小商店买一根雪糕，边吃边等着凌馨。这时候常常是黄昏，街道上飘着炸猪排和蒸扣肉的香味，那些鸽笼一样的小房间探出一尺来宽的窗台，上面搁着几盆不知哪年栽种下的无名花草，在夏天的晚风里得意地生长着；又有竹竿挑出一排衣架，绿的白的连衣裙滴滴答答地淌着水。

　　住在这里的多是开出租车的、开裁缝铺的、卖早点的，或者把富余的房间空出来做家庭旅馆的，他们不算富裕，可也不是底层；他们没有向上流动的野心，用勤勉的劳动装点体面。

　　林瑞有时候心想，他对凌馨的喜欢也许与她的出身有关，她的父母这样勤劳，家教这样严格，吃穿这样朴素，读书又绝顶认真——这与他武康路 1768 弄的生活多么不同啊，在他自己宽阔又空荡的家中，父亲和来做客的人永远在谈讲着基金、IPO、二级市场，和某某携款潜逃，过海关的时候才发现被限制出境了。

他偶尔在饭桌上说起最近看到的画展或者电影，父亲便关切地问他是不是有投资文化产业的意向，他说没有，这只是看着玩儿。父亲便板起脸来说他每天东游西逛不务正业，于是他就闭上嘴巴，埋头扒饭了——难道一定要有钱赚才可以留心吗？世界上没有单纯的不带有一点功利心的喜欢吗？或者他怀疑，在生意场上叱咤风云半生的父亲的心中，还有没有"喜欢"这个词语呢？他更担心随着父亲做上几年生意，自己也会变得像他一样精明而无趣，那该有多么可怕啊。

凌馨的出现，就像她穿着翠绿的睡衣，向他借三块钱买桂花糖粥的样子，是一阵带着植物香味的风。陪父亲谈生意的生活越无趣，他便越频繁地想起这阵风，在陆家嘴的会议室里、在崇明的高尔夫球场、在去新西兰看地产的私人飞机上，或者在武康路 1768 弄的树荫里，他总是想起这阵翠绿的风，想起她那天眯着近视眼，在学校门口茫然四顾寻找他的样子，于是他嘴角露出幸福的笑容，把坐在谈判桌对面的对手搞得一头雾水。

无论当天签下多么巨额的合同，他的成就感都不如看到凌馨从那个狭窄的弄堂里走出来，像小鸟一样飞着扑进他的怀里。他从未像这样频繁地在独处的时候露出笑容，因为只要想起她，他根本做不出微笑以外的表情——这就是真心喜欢吧？林瑞对自己说，这一定就是真心喜欢了。

林瑞的表情，家里人包括阿平都看在眼里，不过父亲觉得这小子一定又和狐朋狗友们出去寻欢作乐了，为了不让他玩物丧志，得多给他分派些工作才好；只有母亲猜测他是交到了非常合心的女朋友。选了一个林先生不在家的日子，边给林瑞盛汤边问他这件事，林瑞痛快地承认了，也讲了她的平凡的家境和天仙似的模样，更重要的是，他们在一起非常情投意合，虽然每天都要见面，却还是刚分开就要想念的。

林瑞的母亲是早年陪伴丈夫一同创业的，有很高的学历和很好的修养，她是不介意女孩的家世的，钱算什么，自家已经这样显赫，也不必用婚姻去结交谁，只要女孩性格人品好便一切都好，于是让林瑞把女友带到家里来见一见。

232

林瑞当场便替凌馨答应了，因为他实在想不出来她有拒绝的理由，这也并不是催婚，只是普通的会面而已，可是他把这件事告诉凌馨的时候，凌馨的脸色却变了。

那是他从未见过的凌馨的表情，既不是生气，也不是拒绝，而是带着一点茫然的悲伤，她在路灯下仰着头看着她，脸色那么平静，可眼睛里像蒙了一层雾似的。这层雾气慢慢散去了，凌馨终于开口说话：

"不行。"

"我妈很和蔼的，绝对不会为难你，我爸呢，看上去比较严肃，不过那都是表象，其实人很好的。我父母很尊重我的生活，再说，你这么完美，再挑剔的人也挑不出一点不好呀。"

"……"

"你是不是觉得，我还没有见过你的父母，就让你上门来见我爸妈，你觉得不公平？好，咱们现在就去你家，我真是奇怪了，又不是清朝，你爸妈还管你这么严，不许你谈恋爱吗？"

"别去。林瑞，你答应过我，没有我的同意不能到我家里去。"

"好，我听你的。"林瑞有点泄气。

"你生气了吗？"

"没有。我只是不该替你答应下来，我妈都在研究菜谱准备招待你了，现在可怎么收场啊？"

"研究菜谱？真的这么隆重吗？"

"当然了，我……说实话吧，我虽然交过不少女朋友，可是没有一个认真到要带回家给我父母见一见的，这是第一次。至于我妈呢，有点重女轻男，喜欢女儿胜过儿子，当初生下我来第一个反应你知道是什么吗？在产房里哭晕过去了。我妈总说她会把我的老婆当亲女儿一样看待，一起看电视剧，一起逛街，给你买花裙子——"

"你别说了。"凌馨心里一阵难受。

"……"

"听上去真美，可是我没有这个福气。林瑞，我不是你以为的……我有很多难言之隐。"

"和你的家庭有关吗？"

凌馨沉默了。

"凌馨，你真的可以和我坦诚地讲。"

"是的，和我的家庭有关，的确和我的家庭有关。"她叹口气。

"我现在就去跟你爸说，怎么了，我干净雪白的青年才俊一只，把女儿交给我有什么不放心的呀？"

"你别去！"凌馨拉住林瑞的袖子，"你让我想想，别逼我，别给我压力，我有很多事是理不清的，你给我一点时间理清楚。"

凌馨几乎是恳求了。

林瑞看着她，她在路灯下的脸庞是惨白的颜色。他知道她的确有难处，虽然这难处是他觉得莫名其妙的，不过既然爱一个人，就不应该让她为难到显出这样惨白的脸色，于是他心里涌起一阵心疼，把凌馨抱在怀里。

她刚刚洗过澡，头发还半湿着，在自己胸口的衬衫上留下一片水渍。

"凌馨！"有个人在弄堂口喊着。

凌馨从林瑞怀中抬起头，是房东太太。

"你妈喊你吃饭了。"林瑞说。

其实这个时候，凌馨的确是有冲动告诉林瑞：这是房东，不是她的妈妈，她自己也不是上海人，年龄不是二十岁，身份不是复旦法语系大三的学生。如果这时候讲出来，事情是不至于朝后来的方向发展的，可是她为什么没有讲呢？

多年以后凌馨许多次想起这一幕，也无法真的复原当时的心理——也许真相就是无法复原的吧，非要深究，也只能想到当时房东太太的语气是与平时不同的，不知是惊喜还是焦虑，总之不是寻常的喊她吃饭的样子。她立刻想到是不是贝贝出了什么问题，匆匆推开林瑞跑回弄堂里了。

的确是贝贝。她一跑到房东太太身边，房东太太就喜滋滋地握着她的手说："一分钟也不敢耽误地把你喊回来看，贝贝会讲话了……"

……

凌馨几乎是飞上小阁楼去的，一步迈上三个台阶。贝贝在卧室的爬行垫上坐着，怀里抱着一个玩偶在啃，凌馨站在门口，眼泪汪汪地看着她粉团一样的宝贝，她一生中最珍贵的财产，她的贝贝仰着小脸笑着，说：

"妈妈！"

凌馨一下子跪在地板上哭了起来。

9

林瑞家收到一个快递，收件人是林瑞的母亲。快件很厚，但不算重，拆开之前，林瑞的母亲不知道里面是什么东西，他们家没有网购的习惯。

是钉在一起的纸张，有照片，有打印的网页，有的像是视频截图。视频截图的所有图片上都是同一个女孩，清瘦、高挑、漂亮。那些视频截图是广告，有牛奶、吸尘器、薯片和牙膏什么的，打印的网页是一个名叫"凌馨"的女演员的介绍，上面有籍贯和身高、出生年月、学历等基本信息。至于照片，显然是偷拍的，有她在小饭馆吃饭的样子，有她推着购物车逛超市的样子，都是寻常的生活场景，不过身边总是带着一个一两岁的小女孩。还有一张照片，是结婚证书的内页，女的是这个凌馨，男的是一个戴眼镜的先生。

林太太一开始以为快递员误投了件，不过反反复复地看着收件人那栏，是清楚地写着"林瑞的母亲"，不是她的名字，就是这个奇怪的称呼。林太太百思不得其解，把快件扔到一旁放着就陪阿平去厨房煲汤了，可是汤的水还没有滚，林太太便突然明白了。

她边指挥着阿平把鸡块焯水边给林瑞打电话："儿子，你上次说的女朋友叫什么名字？"

"她叫凌馨，怎么了？"

"她是上海人，九二年出生，在复旦读大三？"

"对呀，妈妈，您怎么突然查起人家户口来了？"

"没什么，早点回家吃饭吧，今晚妈妈亲自煲鸡汤。"

林瑞挂了电话，对凌馨说："我妈真奇怪。"

可是他又在凌馨脸上看到了那惨白的神色。

不，这一次比上次更严重，她的嘴唇也变成了白色，还在微微地颤抖着，她的鼻尖也沁出汗珠来，这是极紧张的样子，她像是在拼命忍耐着什么。

"凌馨……"

"我有话要对你说。"

林瑞长吐了一口气，他等这句话等了很久了。他又不是不谙世事的高中生，饶是再迟钝，也看得出女友心中埋着什么秘密。她不说，他也不愿意主动询问，总有一天她会把心打开的，无论是曾经有过情伤，还是她的家族其实是吸血鬼，只要她还是她，他便都能接受。有了这样的心情垫底，林瑞便不怕她这突然出现的惨白脸色了，他揽着她的肩膀说：

"我爱你。"

于是凌馨靠在他的肩膀上哭了。她哭了很久，再抬起头的时候，整张脸庞都像在水里浸过了一样。她说："再让我享受最后半天的和平吧。你再爱一次现在的我吧。我还要回家安置一些事，今天晚上你在弄堂口等我，我会告诉你我是谁。"

"你是肉身不死的古代公主？像《盗墓笔记》里的张起灵那样，嘿，那也挺酷的。"

"……"

"我开玩笑的。是看你太紧张。哎呀，别绷着脸了，你一个二十岁的小女孩，能有多大的事呀，我也不是没见过世面。你放心，我先把答案放在这里，无论你要告诉我的所谓的真相是什么，我都会像现在这一秒一样爱你。"

凌馨所说的"回家安置一些事"，是下午要带贝贝去打疫苗。从医院回来后，贝贝因为疫苗的反应而有点蔫，凌馨便不愿把她关在房间里，托房东太太带她去附近的公园呼吸一些新鲜空气。

而且，她需要一会儿独处的时间，眼看林瑞的母亲已经知道了她是谁，今天晚上她必须对林瑞摊牌，可是从何讲起呢？她又该如何解释这场"欺骗"呢？

其实坦诚地面对自己，凌馨不认为自己是有意地在骗林瑞，他们第一次见面的时候，她和他只是一次避雨时的萍水相逢，她的确是不必向陌生人把自己过往的经历都如实讲一遍的；至于他们第二次相遇，买桂花糖粥那次，对他是苦苦追寻后的重逢，对她不过是又一场偶然，也仍然是不必讲的；后来他们正经地谈起恋爱来，虽然知道他有显赫的家境，她也绝没有存过一丝一毫的幻想，因为富家公子又如何呢？她不是仍然在与一个富家公子的婚姻中胶着吗——如果这26年的人生教会了她什么，那就是看上去再完美的婚姻也不是可以歇脚的终点。

人生也许根本就没有可以歇脚的地方，像飞过大洋的鸟，只有不停地扇动翅膀而已。

别说婚姻，她连和林瑞确定稳定的恋爱关系也没有想过，她来上海不过是为了学习语言。那部电影开机在即，定稿剧本昨天刚发到她的邮箱，去国外拍摄的签证和机票一律办妥，她心里知道，离开上海的那天就是他们分手的那天，她的确一直是这么想的，这场短暂的爱情不过是她失败的婚姻中聊以慰藉的亮色而已，她有那么多烂尾的事需要处理，她还有孩子——

谁说要给这段偶遇寻一个尘埃落定的结果了？

谁说要同他回家见父母了？

谁想要嫁入什么"沪上豪门"了？

她对着良心发誓，她从来没有这么想过！

怎么生活一直推着她往前走呢？

　　萍踪浪影，她又想起这个词，便在枕上转过头去，呆呆地看着窗外。太阳慢慢偏西了，气温也渐渐降了下来，再有几个小时天就黑了，然后她要哄睡贝贝，去弄堂口向林瑞摊牌了。

　　她也并不害怕摊牌，无非就是讲一个长长的故事，这个故事里她的错误她会担下来，不会推脱，比如在婚姻中她的确没有努力维护夫妻的情感，比如她有许多个向林瑞坦诚身份的机会却一一放过。她并不害怕坦白，她害怕的是结果，这个真相一讲出来，他们的恋爱也就到头了，她就要失去了他了。还有几个小时，她就要失去他了。

　　这时候凌馨才知道自己用了多么深的感情。

　　她本来以为只有一点点的。

　　她本来以为只有一点点的。

　　有人上楼来了。是房东太太带着贝贝回来了吗？她记得叮嘱过让贝贝多玩一会儿再回来的，怎么这么快呢？是贝贝想她了吗？一想到贝贝仰着小脸叫"妈妈"的样子，凌馨的乳房就一阵条件反射的刺痛，虽然她已经停止母乳喂养很久了。

　　她从床上坐起来，一只手支着身子朝门口看去，房间的门开了，不是房东太太，而是一个雍容和蔼的妇人，穿着华贵的套装，颈上两圈珍珠项链，头发有染黑的痕迹，年纪看不出，也许五十岁，保养得很好。

"你找谁？"凌馨有点慌，这可能是新搬来的租户。

"我是林瑞的妈妈，我找你。"

10

第十九个耳光。凌馨在心里数着。

她的嘴角流下血来，就像电视剧里演的那样。

满嘴甜腥，她知道是刚才耳光太猛烈，嘴唇撞在牙齿上，从里面裂开一个口子的缘故。这不算什么伤，几天的功夫就可以痊愈。

刚才也没有看出来这个雍容和蔼的老妇人有这么大的力气。

当然，如果凌馨肯还手的话，一定是凌馨赢，毕竟年龄摆在这里。

可是她怎么可能动手打林瑞的母亲呢？那是林瑞的母亲啊。

"八六年出生的野模。"

"野鸡大学毕业的。"

"结过婚。"

"孩子都会打酱油了。"

"混不下去了开淘宝店卖衣服。"

"跑来上海租住在这个破旅馆里。"

"在复旦报个交钱就能读的培训班，装什么九二年的大三本科生？"

这个雍容华贵的妇人边打边一句一句地骂着。

"小野模，你胆子不小啊，把自己包装成弄堂里走出来的乖乖女，以为这样就能钓个小开了？你也不打听打听我们是什么人家，你以为你的年龄和学历能瞒多久？这样的谎都敢撒，难道没想过有被戳破的一天吗？你到底是怎么想的？你是不是想先怀上林瑞的孩子，然后他就跑不掉了？你上一个孩子是不是也是这么怀上的？先怀孕再逼婚，结果夫家又不要了，你在北京混不下去了，于是跑到上海来骗？告诉你吧，打这样主意的野模全上海能找出一千个来，就算排队，也轮不到你。"

"你不可以这么说我的孩子……"

"小野模，你也知道这样对孩子是作孽？孩子是无辜的，我不骂她，是你自己给你的孩子丢脸。"

"不是的，我的孩子是我和我先生结婚后……我不和你解释，我向林瑞解释去。我是有错，我不跟你说，我向林瑞解释去。"

又是一个耳光。第二十个。

"你还想见林瑞？"

"我要见他，他和我约好今天晚上……"

"你休想再见到我儿子。小野模，你死了这条心吧。我就这么一个儿子，不能给你骗了去。"

"我不是野模，我是一个演员。"凌馨盯着地板上蜿蜒的血迹，站起来说。

"野模，你——"

一阵婴儿的甜笑声在楼梯上响起来，越来越近了。

房东太太边上楼边给老公打电话催他不要打牌了，快点回家。

贝贝含糊地喊着"妈妈"。

就在门外了。

凌馨看着林太太，一字一句地说：

"我女儿回来了，如果你当着她的面说一句什么，我就把你从窗口丢下去。你是母亲，我也是母亲，你要相信我做得出来。"

房东太太抱着贝贝出现在门口，见房间里一个陌生的太太站着，便也愣住了。

房东太太从不多问，虽然在两个人的脸上看了几个来回，一个一脸盛怒，一个满脸泪痕，地板上甚至还有血迹，但是她什么也没说，把贝贝放在婴儿床上便走出去了。

林太太也走了，她看了一眼贝贝的笑脸，又看了看凌馨，挽着手袋下楼了。

贝贝睡着了，她刚才在公园里大概玩累了，没用凌馨唱歌讲故事，自己在枕上睡得甜甜的。

太阳落下去了，月亮升起来了。

晚风从窗子里吹进来了。

蝉鸣歇了。

夜深了。

今天甚至有星星。

上海的夏夜真美啊。

凌馨站在窗口抬头看着夜空。

去法国拍摄的机票是半个月以后的，不过她计划天亮就离开这里，搬到虹桥机场附近的酒店里去。倒不是怕林太太再来找麻烦，反正她不想在这里住了。这个弄堂口有太多甜蜜的回忆，她曾经小鸟一样飞出去，扑进林瑞的怀里。她不能再在这里住了。

一切都结束了。她欠林瑞的，今天林太太这二十个耳光，她都还清了。

其实她又欠林瑞什么？她哪里有过有意的欺骗呢？

那么这二十个耳光就算别人欠她的吧。

别人欠她的，她也不准备追讨了。

人生嘛，就是随波逐流，就像她这 26 年来一直做的那样。生活把她推到哪里去，她就飘到哪里去，不争什么，根本没有什么好争的。世间的一切输赢名利都那么无趣。她早已看破了所有的事，她早就在虚空的终点线上等着世人，看着世人在发令枪响后拼命奔跑。

夜确实已经深了。

有上楼的声音。

有敲门声。

不知道是谁，她不想问，也不想开门。如果是房东太太来送夜宵，就装睡吧。

还在敲门，真是执着啊。

这样执着的一个人是谁呢？

11

"凌馨，我爱你。我下午说的是真的，一个字也没有骗你。不管你是谁，你是谈过一百个男朋友也好，你是吸血鬼的后代也好，你是肉身不死的公主也好，你是狐仙也好，是模特是演员也好，还是你其实年龄比我大，结过婚，有孩子，我都爱你。我说过了，只要你还是你，我对你的爱就没有变。

"凌馨，我也想过，如果你的年龄、家庭、学历、职业都和我从前以为的不一样，那么你还是不是从前的你呢？其实这不重要，重要的是认识你以后的这几个月是我这25年来最快乐的时光。我从来不知道想念一个人这么快乐，走在路上都像个傻子一样地突然笑起来，我连去谈生意都充满干劲儿，因为快点谈完就能去见你了，带你钓鱼，带你滑冰，带你去吃好吃的，看你又想吃又怕长胖的小表情，纠正你的法语发音，听你讲你喜欢的电影——我真是迟钝，难怪你看过这么多电影，聊起镜头和台词都那么专业，原来你是演员啊。

"凌馨，你真是傻，早一点告诉我又能怎样呢？你是 26 岁还是 20 岁我都一样喜欢，你的婚史无所谓，现在又不是旧社会对不对？你的女儿，我承认我有点意外，不过我会努力接受她，至于你的职业，天哪，你不知道几乎所有的直男都梦想过和女演员交往吗？有一天你从学校里走出来，我远远地看着你，也在心里想过：我女朋友这么美，一点也不比电影里那些小花逊色啊，我女朋友才是天生大明星的长相呢。

"凌馨，你别哭了，我听到你哭了。或者你出来哭好吗？不要把小孩吵醒了。"

"你走吧，我不会再见你了。"

"是我妈的话让你伤心了吗？"

"不是。唉，我有太多事。我的离婚协议还没有签字呢。"

"去签呀，除了抚养权以外什么也别要，我都能给你。"

"我的电影马上要开机了，两周以后就要去法国。"

"拍电影而已嘛，三个月够不够？我等你回来。"

"不。"

"还有什么？你一次都告诉我。"

"没有什么了，只是我这 26 年从来没有自己做过决定，都是别人做好了，等着我去履行。就让我自己决定一次吧。林瑞，就到这里吧。"

12

凌馨走后的半年里，林瑞一次也没有笑过。

林太太也后悔过，是不是那天她做得太过分了，把好好的儿子生生逼成这样。

林先生和太太吵过，说她去找凌馨的麻烦是适得其反，这样会让儿子从此更忘不掉她，其实她不过是一个女演员，林瑞一时被美色迷惑，如果放任不管，过不了几个月他就会失去新鲜感，自己就分手了。

247

凌馨走后的半年里，林瑞一次也没有笑过。

他还是跟着父亲去谈生意，他谈生意的手段越来越高明了。他学会了面无表情，用冷淡的语气说出心仪的价格，那做派已经渐渐有了乃父的风范，坐在谈判桌对面的人再也不会被他突然露出的幸福微笑搞得一头雾水了。

　　他也跟狐朋狗友们出去聚会，聚会上也有上海顶尖的漂亮姑娘，也有学艺术的、学表演的，谈起台词和镜头都很专业。她们搂着他喝酒玩笑的时候，他也把手放在她们的腿上，可是他找不到快乐的感觉了。

　　再也没有人从弄堂口里飞出来，飞进他的怀里，把湿漉漉的头发贴在他的胸口了。

　　再也没有人站在午后的树荫下，眯起近视眼寻找他，一脸茫然地看看左边，又看看右边，头发被风掠到耳后去了。

　　深秋了，树叶大团大团地落下，他看着橱窗里的塑料模特穿上了风衣，才想起来自己也该加衣服了。

　　不知道那部电影拍完了没有，应该接近尾声了吧？那么她现在是在法国还是已经回国了呢？是在北京还是在上海呢？她那里冷吗？有没有一团树叶不经意地落在头顶，把人吓一跳呢？

　　冬天到了，有薄雪纷纷扬扬地落下，上海笼罩在一片湿漉漉的清新里。林瑞算算时间，她的电影应该已经杀青了，不知道什么时候上映，也不知道她区区一个女二号有没有资格出现在首映典礼上，如果他去看首映，会不会遇到她呢？

　　早知道她学上海话和法语是为了讲台词，他这个法语系毕业的上海土著应该好好帮帮她。

这一切都太迟了。

真想看她对着媒体一本正经地讲公关腔，一定可爱极了。

她在聚光灯下会是什么样子？

一定像他从前见到她那样，自带 BGM 和主角光环，所有的女孩经过她身侧的时候都黯然失色。

太迟了。

大约在新年前后，林瑞终于交了一个新的女朋友，就是他相识了十八年的，住在武康路 1768 弄的弄堂口的，餐馆老板家的女儿珠雨田。

林太太果然不是嫌贫爱富的，虽然珠雨田家穷得连买一辆自行车都要精打细算，她却是完全接受儿子这位新女友的，因为她身家清白。

珠雨田是一个可爱的女孩，她有着圆滚滚的胳膊和漆黑的瞳仁。

她总是快乐的，为数不多的烦恼，大约是考试成绩掉了两名这种。

珠雨田有时候也在弄堂口等着林瑞，他远远地走过来，她就飞跑着扑过去，抱着他的脖子把今天学校里有趣的事讲给他听。

这个时候，林瑞也是快乐的。

　　他当然很喜欢珠雨田，她腻在他身边撒娇耍赖的时候，她强迫他吃自己做的形状奇怪的饼干的时候，她逼他替自己写一份法国文学的读书报告的时候，林瑞的确是很快乐的。

　　对女人的审美千差万别，林瑞慢慢确定了，他喜欢纯洁的女孩。无论是当年的凌馨，还是眼前的珠雨田，她们最吸引他的特质就是纯洁。只是凌馨与珠雨田还是有区别的，珠雨田的纯洁是年幼稚气，凌馨的纯洁是经历坎坷之后仍然对人性保有本能的信任，这种信任是多么正直的心地，多么美好的品德啊！

　　和珠雨田交往的时间越久，林瑞就越想念凌馨。这想念是日复一日地加倍的。许多个夜晚，他都想起她穿着翠绿色睡衣的样子，向他借三块钱买糖粥的样子，挂着湿头发远远走来的样子，茫然四顾的样子。那些模样也没有什么特别的，比她美貌的也尽有，可他就是想她，在游泳池里流着泪想她，在复旦的林荫路上走来走去地想她，在雨中的高架桥上想她，在晨光熹微里想她。

　　林瑞越想念凌馨，就越对珠雨田心怀愧疚，越是加倍地对珠雨田好。珠雨田于是加倍地快乐，她几乎要觉得自己是全世界最幸福的人了。

　　冬去春来，又到了林瑞和凌馨第一次见面的那个季节，凌馨参演的电影终于上映了。海报早在一个月前就在上海随处可见了，可是作为女二号，在女一号是投资人女儿的情况下，凌馨甚至没有机会在海报上露脸。尽管如此，林瑞还是紧张极了，每次经过外滩的那张大海报下面，他都要心跳加速，好像和她重逢的日子又近了一些似的。

林瑞去看了那场电影的首映，主创大部分到场，因为担心抢了女一号的风头，这位女二号仍然没有出现在首映礼上。林瑞很替凌馨鸣不平：这位女一号凭什么呢？有个有钱的爸爸，人生已经比别人顺利许多了，为什么不能善良一些，不要堵上别人的路呢？

可是那场电影结束后，林瑞把这些不平都丢掉了，他大步走出电影院，胸中涨满了快乐，那快乐涨得又多又快，是像喷泉般涌出来的，因为他仿佛看到凌馨的前途在眼前清晰地铺开来：如果他的审美没出现太大的偏差的话，这部电影的艺术水准和商业价值决定了它必定是今年的票房奇迹，而凌馨的表演太过出彩，承担了电影一半的光芒——

事情的结果往往在它开始的时候就已经注定了，就像凌馨在培训班里对着音标念台词的时候，就注定会因为这部电影走红，根本没有什么不公平的待遇或者人为制造的厄运能阻拦这件事的发生。

哪怕他从今以后再也见不到她，和她的生活再也没有交集，他仍然为她终于得到了命运的回报而感到狂喜。

林瑞的直觉是对的。电影上映仅仅一周，凌馨的访谈便铺满了各大网站的头版。"盛世美颜""演技担当""天然纯美"……所有给予年轻小花的美誉都加在了她的头上，没有任何公关，全靠真实口碑。她的硬照有些 PS 过度，不过仍然很美。她的公关腔一本正经，可爱又紧张。

13

三年以后是 2015 年，已经贵为影后的凌馨有两个经纪团队，一个谈作品，一个谈商务，每个团队各有一二十人的规模。她还有一个专门管理时间表的助理，永远拿着纸笔和手机跟在她身后记着什么。她的时间是以半小时为单位来计算的，电影约排队到了 2019 年，如果有广告拍摄想加个塞，她连一天的时间也挤不出来。

不不不，给天价也不行。

2015 年一个春天的晚上，负责商务的经纪人老周翻着时间表告诉她晚上要去见一个投资人，有意投资她 2020 年的电影。

"2020 年。"凌馨对着镜子边化妆边笑了。人类也蛮好笑的，规划起五年以后的日子，好像计划今晚吃什么一样自然。

饭局约在复旦后门的一个酒楼，平时是宴请外地来开会的教授们的，低调且不俗。因为整条路都拥堵，老周让司机开车从校园中穿过。凌馨的睡眠严重不足，这时候还把头靠在车窗上补着觉，可是她的听觉是灵敏的，嗅觉也是灵敏的，她知道这是她短暂生活过的校园，她在这里背熟了她一生中最重要的一段台词，还遇到过一个人。

这位投资人订的是最里面的包厢，老周陪着凌馨走过顶层的走廊，站在包厢外面说："我就不进去了。"

"为什么？"

"人家说了，不让我去。"

"什么意思，不是谈投资吗？经纪人不在怎么谈？"

"是呀，我也坚持过，可人家就是这么说的。"老周一脸为难。

凌馨的脸拉下来，表情已经是恼了："去他的吧，哪里跑出来的脑残土大款，把我当什么了，陪饭局的？你进去告诉他，想谈投资就跟经纪人好好谈，想别的就滚远点。"

凌馨转身要走，老周拉住他："你别动气，也不至于，也许是个新手，不懂咱们的规矩呢？这林总看着年纪轻轻又斯文，不像那种人。"

"什么新手——"凌馨立起眉毛说。

然后她心中像闪过一道亮光似的。

"你刚才说林总？"

"是呀。"

"唉。你走吧，让司机也回家吧，我一会儿自己叫车回去。不用担心，这林总是我的故交。我们很久没有见面了。"

凌馨的话还没说完，包厢的门就从里面打开了。林瑞穿着一件白色的帽衫，头发软蓬蓬的，他站在门里笑着看着她。

大约一周以后，林瑞邀请凌馨去他家，因为凌馨如今的身份，路人的眼睛和无数的不知道藏在哪里的摄影机都在盯着她，昔日被打到嘴角淌血的"野模"，如今连一个安全的约会地点也难找了。

凌馨自己有一点犹豫，林瑞知道她还不能释怀当年他母亲的那场羞辱，于是告诉她他父母最近都不在家。

当天晚上珠雨田被阿平拦在门外，清晰地看到林瑞卧室里有女孩的剪影，抽抽噎噎地跑出来的时候，遇到新搬到此地的陈白露。

图书在版编目（CIP）数据

我的朋友陈白露小姐：金屋一梦 / 海棠著 . —长沙：湖南文艺出版社，2016.6
ISBN 978-7-5404-7608-3

Ⅰ . ①我… Ⅱ . ①海… Ⅲ . ①长篇小说 – 中国 – 当代 Ⅳ . ① I247.5

中国版本图书馆 CIP 数据核字（2016）第 099210 号

上架建议：长篇小说·都市情感

WO DE PENGYOU CHENBAILU XIAOJIE: JINWU YIMENG
我的朋友陈白露小姐：金屋一梦

作　　者：海　棠
出 版 人：刘清华
责任编辑：薛　健　刘诗哲
监　　制：赵　萌　刘　霁
策划编辑：由　宾
营销编辑：刘宁远　杨　帆
装帧设计：利　锐
出版发行：湖南文艺出版社
　　　　　（长沙市雨花区东二环一段 508 号　邮编：410014）
网　　址：www.hnwy.net
印　　刷：三河市鑫金马印装有限公司
经　　销：新华书店
开　　本：880mm×1270mm　1/32
字　　数：140 千字
印　　张：8
版　　次：2016 年 6 月第 1 版
印　　次：2016 年 6 月第 1 次印刷
书　　号：ISBN 978-7-5404-7608-3
定　　价：36.00 元

质量监督电话：010-59096394
团购电话：010-59320018